掟上《おきてがみ》今日子《きょうこ》の保険証《ほけんしょう》

西尾維新
NISIOISIN

Kodansha

装画／©ＶＯＦＡＮ
装幀／Ｖｅｉａ

第一証

掟上今日子の不眠症

1

「た――探偵を呼ばせてください！」

僕（隠館厄介《かくしだてやくすけ》）は久しぶりに叫んだ。

否《いな》、この久しぶりというのはあくまで個人的な体内時計における観測であって、主に人類が採用している絶対時間においては、一週間ぶりということになる――普通、一週間おきに探偵を呼んだりしないだろうから、久しぶりという言葉はまったく当てはまらない。きっと混乱のあまり言い間違えたのだろうと、優しい人なら思ってくださるだろうが、しかしそれこそ、僕が日常的に、酸素よりも慣れ親しんでいる誤解である。

窒素よりも窒息しそうなほど。

毎日のように誤解される。

ゆえに、本来ならば毎日のように、なんなら午前と午後で、一日二回探偵を呼びたいところなのだ――にもかかわらず、前回から今回にかけてなんと七日間も空いたというのは、そっちのほうが異常事態と言ってもいいほどだった。

僕の身に何があったのだ。

何もないなんて何があったのだ。

善良なる一般市民の感覚に置き換えるならば、七日間というのはおよそ七年間に値するとレートを説明すると、このときの僕の絶望がわかっていただけるだろうか——少しでも共感していただけるだろうか。僕の冤罪《えんざい》体質が、ついに消えてなくなったのか、神は僕を許したもうたのかと思っていたのに。

僕は許されていなかった。

無実の罪は重かった。

ちなみに（さして重要ではないので）先に一週間前の事件について語っておくと、僕はビーチセーバー、つまり海辺におけるライフガードという職についていた。

ありついていた、と言ってもいいほどに、苦労して得た一夏のアルバイトだった——ビーチより先に己の潔白を守れよなどとは考えもしなかった。雇い主は僕の、転々としまくる職歴を怪訝《けげん》には思ったようだが、無駄に高い身長を買ってもらえた。

これでどうにか、この夏は生き延びられると、セミのように胸を撫《な》で下《お》ろしたが（本当にセミならば胸を震《ふる》わせて鳴きわめいたところだ）、実際にはすぐさま解雇された。脱皮するほどの暇もなく。

例によっての冤罪で。慣れ親しんだ冤罪で。

親よりも親しい冤罪で。

ビーチで冤罪をかけられたとなれば、サメを乱獲したとか、真珠や珊瑚礁《さんごしょう》を盗んだとか、船を沈めたとか、そういう海難系の事件を想起されるかもしれないけれど、僕が海上保安庁から突きつけられた逮捕状に記されていた容疑は、太平洋に向けた海洋マイクロプラスチック放出罪だった。

重い。

プラスチックは軽いが、罪は重い。

いや、確かにその件に関して僕もまったく無罪とは言えないだろうけれど、どうして人類全体に及ぶ罪を、僕が単独犯で背負わねばならないのか——叫んだのも無理からぬことだろう。

「探偵を呼ばせてください！」

と。

幸い、容疑はすぐに晴れた。サンオイルがほしいほどに。

もっとも、すぐに晴らしてくれる探偵を呼んだのだから当然である——欲を言うなら、いっそのこと海洋マイクロプラスチック問題まで解決してくれたらよかったのだが、残念ながらそのような、長期にわたる犯罪の解決は、『彼女』の専門外だ。

なぜなら忘れてしまうから。

最速にして忘却の探偵は、忘れてしまうから。

どんな事件もスピーディーに一日で解決する反面、解決に一日以上かかる犯罪には手も足も、灰色の脳細胞も出ない。どんな犯人もどんな真犯人も、悪《あ》しき罪も人類の業すらも、眠るたびにすっかり忘れてしまう、守秘義務絶対厳守の、白髪《はくはつ》の名探偵。

ふう。

困った困った。

他意はないが、しかしながら今回も、それゆえにこそ『彼女』にお出まし願うしかないだろう——決してお安い探偵ではないのだが、今回の事件では、ことは一日どころか、一刻を争う。

それでいて、絶対に解決しなくてはならない事件だ——仮に僕が犯人だと疑われていなくても。

恵まれていることに、短期間に何度も呼び出されても、先方から嫌な顔をされるということはない——事件や犯罪だけではなく、忘却探偵・掟上今日子《おきてがみきょうこ》は依頼人のことすら忘れ去るのだから。

2

「お久しぶりです。探偵の掟上今日子です」

あれ？

事件現場である頼瀬《らいせ》邸にやってきた今日子さんの言葉に、強い違和感を覚えた——いや、確かに僕の感覚的には『久しぶり』なのは紙幅《しふく》を費《ついや》して説明した通りだが、今日子さんの感覚的に、この再会が『久しぶり』なはずがない。

『またしても』どころか『初めまして』のはずだ。

いつも通りの総白髪《そうしらが》と眼鏡《めがね》を除けば、太めのテーパードパンツに歩きやすそうな革製のパンプス、赤いサマーニットにレースのカーディガンというファッションは一週間前とはまるで違うものだ——ちなみにビーチでは今日子さんは、もっと日焼け対策万全の格好をしていた。

いざというときのために、たとえば犯人から眠らされたときのために備えて、己の肌をメモ帳——備忘録——として使う忘却探偵にとって、日焼けは大敵なのだ。

肌に文字が残ってしまうので。

あれは思わぬ落とし穴だった。

そういう意味では、その対策は十分に功を奏していたけれど、しかしあえて言うなら、むしろ今日の今日子さんは、肌と言うか、やや顔色が悪いようにも見えた——青ざめて見えなくもないし、ナチュラルなメイクで巧《たく》みに隠されているものの、目の下に隈《くま》が見えなくもない。

いや、僕が知らないだけで、このような涙袋の作りかたが、お化粧の最先端なのか——同じ服を二度着たことがないと言われるほどにファッショナブルな今日子さんの身だしなみを、サイズで服を選ぶ僕ごときが評価するなどおこがましい。

そう思い直し、

「初めまして、今日子さん。僕はこの家で、ベビーシッターとして、通いで働いておりました、隠館厄介――」

そう名乗りかけるも、

「ええ。覚えております」

と、今日子さんは遮《さえぎ》った。

素速く。

「前にお会いした際はビーチセーバーでしたが、転職なさったんですね。しかし緊急事態ということですので、あなたとの名刺交換は省かせていただきます」

構いませんよ、置手紙《おきてがみ》探偵事務所の名刺なら千枚以上持っていますから――と、僕が誇らしげに答える暇もなく、今日子さんはパンプスを脱いで、用意しておいたスリッパへと履き替える。

自慢したいわけではないが、僕が用意したスリッパだ――嬉《うれ》しいものだ、自分の用意したスリッパが、今日子さんのお眼鏡に適《かな》ったというのは。そして今日子さんは音もなく廊下を歩く――否、スリッパを履いていようと、そして名探偵であろうと、音もなく廊下を歩くことなど、完全には不可能だ。

だからこそ。

今回、僕に容疑がかかっている。

それはともかく――

「あ――あの、今日子さん」

「はい？」

「もしかして、寝てません？」

「ええ。一週間ほど」

そう頷《うなず》いて今日子さんは振り向き、右腕の袖《そで》を、カーディガンごとまくった――本来は秘中の秘である、知る人ぞ知るとさえ言えない、僕のような常連客しか知らない、先述の、直筆の備忘録である。

たとえば左腕には常時、『私は掟上今日子。25歳。置手紙探偵事務所所長。眠るたびに記憶がリセットされる。』と、このように書かれているわけだが――本日の右腕にはこう書かれていた。

やや乱れた筆致で。

『私は掟上今日子。現在不眠症（この文章に見覚えがなければ消すこと）。』

3

以前から気になっていたことではあった。

と言うとなんだかいかにも後付けっぽいけれど、すべての個人情報を——自分自身の個人情報さえ忘却してしまっている今日子さんが、病《やまい》を患ったときはどうするのだろう？　というのは、真面目《まじめ》に切実な話である。

いや、そりゃあもちろんどうにかはするだろう——実際、怪我《けが》をしたり何だりで、短期的な入院をされたことはあった（銃撃を受けたこともあった）。そもそも忘却体質に関して、専門医の治療を受けていないとも思えない——が、言うなら『通常の病』に罹患《りかん》したときは、いったいどう対処しているのだ？

つまり日常的な体調不良。

紙の保険証が廃止され、全面的にマイナンバーカードに変更されようというこのご時世に、風邪を引いたりしたとき、個人情報の保護を看板とする置手紙探偵事務所の所長は、どんなジャッジを下すのだろう？

名探偵の日常——いわば日常の謎である。

「いやあ、大したことはありません、大丈夫ですよ。病院に行くほどではありません、ご心配なさらず」

にこにこ笑って、取り合わないように今日子さんは言う——こっちからすれば何を言っているんだというような振る舞いだ。

まあ、特に病院嫌いというわけではなくとも、不調なときの人間の振る舞いなんて、誰だってこんなものか。僕も虫歯になったときは、さっさと歯医者に行ったほうがいいことは、どんな真相よりも自明であろうとも、しかし、なかなか足が向かないこともある。正体不明の肩の痛みを、まだ若いんだからと放置することもある——若さと痛みは無関係だし、歳《とし》を取っても同じことを言っていそうだ。明日になれば治ってるかもって。

名探偵も例外ではなく。

ただ、よりにもよって不眠症とは。

一番かかっちゃいけない病じゃないか、忘却探偵が。

明日になれば治ってるかもも何も、今日子さんには今日しかないのだから。

「ええ、ここだけの話、事件解決後も記憶がリセットされませんから、仕事が完全に止まっていました。忘却探偵を名乗る以上、前の依頼を忘れないことには、次の仕事に取りかかれませんから。このままでは飢え死にしてしまうところでした」

飢え死にするくらい眠れなかったら、その前にぶっ倒れてしまいそうだが——いや、ぶっ倒れれば懸念は解消するのか？

一瞬でも意識を失えばリセットされるのだから。

コンセントを引き抜くみたいなリセットの方法だが……。

それにしても、問題の重要性に対して、今日子さんはどこかテンションが高めだった——ビジネスライクな笑顔も、その話を聞いたあとだと、危機的なシチュエーションになんだか浮かれているようにも感じる。

ハイになっていると言うか。

僕も守秘義務を守って、詳細を語るのは避けるが、以前、依頼された難事件に取り組むにあたり今日子さんは、連日の徹夜を敢行したことがあった——そのときは、いつもにこやかな今日子さんが、あろうことか純然たる厚意から誠実に助手役を務めていた無辜《むこ》の人物に、罵詈雑言《ばりぞうごん》の限りを尽くしたと言う。

かように睡眠不足とは、性格や人格にも甚大な悪影響を及ぼすわけだが——今回は、今のところ、そのような展開はなさそうだ。まあ、過重労働の結果としての睡眠不足と、仕事がすべてキャンセルされる睡眠不足とは、まったく違うものだろう。

肉体もさることながら、脳を休養させることが睡眠の重要な役割だとするならば、ビーチにおける海洋マイクロプラスチック放出事件を解決して以来、丸々一週間、仕事を、つまり推理をしていなかったという今日子さんの脳細胞は、ずっと休んでいたようなものではないか。（このたとえは非常に皮肉だが）コンピュータでいうスリープモードみたいに。

ボーナスタイムみたいな長期休養。

ハイになるわけだ。

「しかしながら、依頼人がまるっきりの同一であるならば、守秘義務も秘密保持契約もありませんからね。あなたからの依頼に限り、私は稼働できるというわけです——お金に、いえ、謎《なぞ》に飢えていた私の救世主ですよ、厄介さんは」

飢え死にというのはその飢え死にか。

食事にではなく謎に飢えていたのか――一瞬お金とも聞こえたが、不眠症の症状で舌が回らなかったのかもしれない。

それと、少なくとも一週間、ろくに寝ていないどころか、一瞬たりとも寝ていないことは、今の台詞《せりふ》で証明された――『初対面』のはずの僕を『隠館さん』ではなく、『厄介さん』と呼んだ。一週間前、共に死地を乗り越えた相棒でなければ（まあ、そんな感じの事件だったのだ。人類の業を背負ったあの事件は）、そうは呼ばれまい。

そして確かに理に適っていた。

願ったり叶ったりなほど適っていた。

守秘義務が秘密と共に何を守っているかと言えば、言うまでもなく依頼人なわけで、つまりビーチでの事件に関しての守秘義務は、僕に対して働いているものである――裏返せば、僕に対して守秘義務を発動させる必要はない。

被害者ならぬ例外者なのだ。

今日子さんが衣服を着替えるようなコンスタントさで、日々濡《ぬ》れ衣《ぎぬ》を着せられる僕だからこそ、今日子さんが謎に飢える前に、しずしずと依頼を提供できたとも言えるし、また、一週間前にあの冤罪被害に遭っていなければ、不眠症の今日子さんは、常連客である僕の依頼すら、固辞しなくてはならなかったということである。

そう思うとぞっとする。

そのときは別の探偵に依頼すればいいだけのことではないかと、僕の二心《ふたごころ》を疑われるかもしれないが、しかし海洋マイクロプラスチック放出事件ならばまだ代わりはきいても、今回の事件には、どうしても今日子さんが必要だったのだ——二速の探偵でも三速の探偵でもない、最速の探偵が。

なにせ誘拐されたのは。

生後半年足らずの赤子である——取りも直さず僕が、生後半年足らずの赤子を誘拐したと、疑われているということだが。

そんなことをするくらいならば海に巨大なプラスチックでも放出したほうがまだマシであり、自己都合を放棄しても、僕を疑っている暇なんてない——ベビーシッターとして勤めた期間はまだわずか数日であろうとも、情だって移る。

依頼料を支払ってでも助けたいと思う——具体的には一週間前の冤罪で得た慰謝料と賠償金をなげうつことになるが、僕と赤ちゃんの身と、その上今日子さんとを飢えから救えるとなれば、惜しくもなんともない。

宵越しの慰謝料は持つまい。

慰謝料を依頼料に変換しよう。

「ええ。もちろんお引き受けしますとも。早く私に謎を解かせてください——多少なりとも脳を酷使すれば、眠れるかもしれませんしね」

少なくとも不眠症が治るまでは、僕専属となった名探偵は、Vサインをしてそう言った——普段そんなことをする人ではないので、やはり寝不足自体は、思考に影響を及ぼしているようだ。

果たしてそれが、吉と出るか凶と出るか。

あるいは、今日と出るのだろうか。

4

頼瀬邸の家主である頼瀬川三《せんぞう》さん（夫）と頼瀬エイ江《え》さん（妻）に、今日子さんが挨拶《あいさつ》をしている間に（ここではさすがに名刺交換はしていた——つつがない最速を求めるならば、忘れてはならない儀礼はある）、事件のあらまし以前の経緯を説明しよう。

即《すなわ》ち僕の転職の経緯ということになるのだが——共に独立した起業家である頼瀬夫婦は、目が回るほどお忙しかった。それはひとり娘である渡河《とか》ちゃん（娘）の出産に際してもそうだった——エイ江さんの、『出産当日まで働いていて、その一ヵ月後にはもう出社していた』なんてエピソードは、古きよき時代ならば武勇伝のごとく語られただろうが、今では基本的に、そういう風には捉《とら》えるべきではなかろう。

というわけで現代のモラルに沿うように、（いささか変則的とは言え）共働きの夫妻はベビーシッターを雇うことにしたのだが、しかしそれで問題が解決するというほど、シンプルに物事は進まない——モラルに沿ってはいるが、『今』に『現実』が追いついていないところもあり、子守りに関して供給が需要を満たしているとは言えないし（逆に、需要が供給を満たしていないとも言えるのだから、経済の仕組みは複雑だ。複雑怪奇だ）、また、ご両親の独立心を受け継いだのか、そう言ってよければ、渡河ちゃんは比較的、『手のかかる赤ちゃん』だった。

『手のかからない赤ちゃん』というのもおかしな言葉だが、それにしても、比較的、だ。

薄給で雇ったベビーシッターが次から次に辞めていくほどに——薄給で雇ったからじゃないかと思わなくもないが、そこで『では給料を上げよう』と考えないところが、共に経営者であるCEO夫婦ということなのかもしれない。

彼らは。

そんな過酷な職場であろうと、あるいは薄給であろうと、飛び込んでくるしかない若者を雇うことにした——つまり僕である。

隠館厄介である。

いや、冤罪をかぶったり、それが理由でクビになったりするたびに、慰謝料や賠償金が支払われている僕は、この不況下においてさえ暮らしに困窮《こんきゅう》しているということはとりあえずないのだが、しかし何らかの形で『働いている』という社会性を有していないと、僕の場合、職務質問を受けただけで捕まってしまう恐れがあるのだ。

経験上、無職のときこそ冤罪を受けやすい——いやいや、前回も今回も、なんならその前だって、就業中に疑惑をかけられているじゃないかと指摘されればぐうの音も出ないのだが、それでも諦《あきら》めず、万全は尽くしておきたい。

万事を尽くして探偵を待つのだ。

そんな僕の克己心《こっきしん》と、頼瀬夫妻の吝嗇《りんしょく》——もとい、節約心が合致し、即ち需要ラインと供給ラインが奇跡的に一致を見て、僕の転職活動はめでたく成功したのだった。ビーチセーバーのときと同じく、僕の巨体が、赤ちゃんを守るのに頼りがいがありそうと思ってくれたのかもしれない——実際には格闘技経験も何もない、独活《うど》の大木なのだが、それを履歴書に書くほど、僕は正直な語り手ではない。

そういう誤解は大歓迎だ。

むろん、ベビーシッターの経験どころか、よそ様の子育てに協力した経験すらなかったので不安と緊張と言ったらなかったが、どうやら僕は子供をあやすのに向いていたらしく、少なくとも渡河ちゃんとの相性はよいようだった（『手がかかる』というのは事実だったので、自分ではそこまで思えなかったが、ご両親がそう仰《おっしゃ》るのであれば、その評価は受け止めたい）。

ミルクを温めるとか、オムツを交換するとか、寝かしつけるとか——やることは多く、なんならなまじな肉体労働よりも肉体労働だったが、命を育《はぐく》むという行為に、やりがいさえ感じた。

　転職転職と言い、どんな職業も次に転職するまでの止まり木のように感じていたところもある僕だが、ベビーシッターこそが僕の天職なんじゃないかとさえ思った――僕の監督下で渡河ちゃんが誘拐される、その瞬間までは、本当に。

5

「なるほど、ここが育児室ですか――んん？」

　頼瀬夫妻との面会を終えて、部屋に這入《はい》るなり今日子さんは、早速察したようだった――不眠症で勘が鈍《にぶ》っているんじゃないかなんてのは、どうやら心配性な僕の気の回し過ぎだったようだ。

　むしろこの一週間の偶発的な休暇によって脳が冷却され、通常モードより冴《さ》え渡《わた》っているくらいじゃあないだろうか――一見、ベビーベッドやらモビールやら、床に敷かれたパネル状のマットやら、あるいはキャラクターの描かれた原色の壁紙やら、これでもかと言うほどに育児室であるこの部屋から、すぐに不自然さを感じ取るとは。

「私の独《ひと》り言《ごと》がまったく響きませんでしたね――元は防音室ですか、ここ？　ご夫妻のどちらかが、ピアノを嗜《たしな》んでらしたとか？」

「防音室なのは当たりです。ただ、『元は』ではありません。僕も知ったときはそう思ったんですが、頼瀬さん達は、生粋の起業家であって、音楽家ではないそうです」

「？　演奏をしないのに防音室を？　音が反響しないのでは、ＡＶルームというわけでもなさそうですが」

首を傾《かし》げる今日子さん。

そういう仕草《しぐさ》も、不眠症患者のそれだと思うと、眠そうに船を漕《こ》いでいるようにも見えるのだから、先入観というのは危険だ。

誘拐くらい危険だ。

「元々は普通の部屋だったのを、奥様の妊娠がわかってから、こういう防音仕様に改築したそうです――ええと、つまり、赤ちゃんの泣き声だったりが、ご近所迷惑にならないように、とか」

「ふむ」

「もちろん二十四時間ここに閉じ込めておくというようなことではありませんし、あくまでも渡河ちゃんの寝室という扱いですが――」

「ふむふむ」

その説明に、納得したように頷く今日子さん。

納得と言うか、独特と言うか。

金持ちの発想はわからないと言うか——近所の目を（耳を）気にするという意味ではわからなくもないけれど、しかし行き過ぎの感は否めず、実際、そのせいで渡河ちゃんは誘拐されたと言えなくはないだろう。

残酷な皮肉だが。

もっとも、頼瀬夫妻に言わせれば、皮肉でもなんでもなく、骨太に僕の犯行であり、僕のせいということになる——ベビーシッターとして雇われていた以上、僕の失態であることは間違いがない。

道義上ならぬ、職務上の責任がある。

好評をいただいていただけに、その叱責は心に響く。

とは言え夫妻も、僕を縛り上げて拷問にかけるようなことはせず、頼瀬邸の中に限って、自由な行動を許されてはいる——だからこそ、今日子さんを呼べたわけだ。不眠症の忘却探偵を。

渡河ちゃんが拐《かどわ》かされたと発覚した直後にあった脅迫電話は、高額の身代金《みのしろきん》の要求と共に『警察に連絡するな』というお決まりの文句を述べてはいたそうだが、探偵を呼ぶなとは言われていなかったので——こちらも海千山千の冤罪王だ、探偵の呼びかたに関しては慣れっこである。

「なるほど、なるほど。この育児室のベビーベッドから、渡河ちゃんは誘拐されたということとですか」

「ええ。ただ、本当に誘拐と言っていいのかどうか——一緒にこの部屋にいた僕からしたら、神隠しのようなもので」

「犯人は神様だと?」

「いえ、まさか、そんな。超常ミステリーはあまり」

「では、まず確認しておきますが、犯人は厄介さん——ではありませんよね? もしそうだとしたら、私が間に入って交渉し、現実的な身代金の額を設定することも可能なのですけれど」

赤ちゃんの命が最優先ですからね——と、もっともらしいことを言う今日子さんだが、今日子さんに間に入られたら、双方が高額の手数料を要求されそうな気がする。中抜きの構造である。

って、違う違う。

僕が犯人だなんてとんでもない言いがかりだ。

どうもこの名探偵は、依頼人を信頼しない節がある——出会うたびにまず僕を疑うとは思っていたが、記憶が繫《つな》がっている場合でも、その傾向に違いはないらしい。前回の事件で築いた信頼関係もなんのその、だ。

一般に、『意外な犯人』に慣れ過ぎているからこそ、名探偵は、まず身内から疑うようになると言うが——あるいは今日子さんは、駆け出しの頃にクライアントから、手酷《てひど》い裏切りにでも遭っているのかもしれない。

遭っていても、それを覚えちゃいないわけだが。

毎度のことだが、毎度ショックを受ける。

「ご安心ください。神に誓って、僕は赤ちゃんを誘拐するような人間ではありません。神隠しをしない神に誓って」

「犯人であってくれたほうが安心なんですがね。この場で事件が解決しますから——しかしながら、確かに厄介さんの言う通りです」

「？　何がですか？」

自分ではわからないもので、いつの間にか僕はそんな雷光閃《ひらめ》く推理を口にしたのだろうかと思ったが、

「普通の想像力があれば、赤ちゃんを営利誘拐するというのは、割に合わないと思うはずなんですよね」

そう今日子さんは続けたのだった。

静かな口調で。

「なにせ、放っておいたら死んでしまいますから——一から十まで保護者が面倒を見なくてはなりません。せめて食事くらいは自立的におこなってくれないと、人質として、あまりに

手がかかり過ぎます」

ううむ。

ドライなほどにリアリスティックな意見だが、その通りだ。生まれた直後に自分の足で立つ哺乳類《ほにゅうるい》も少なくないが、人類の子育ては、あらゆる生命の中でも、かなりコストが高いほうだ――リスクが高いほうということもできる。

これは攫《さら》ったのが赤子でなくてもだが、交渉を成立させるためには、人質を生かし続けなければならない。

その視点に立つと、それでも赤子を攫った誘拐犯は、赤子を生かし続ける自信が――言いかたを変えれば、保護し続ける自信があったわけだ。

「つまり犯人はベビーシッター――って、なんですか」

「妥当な推理だと思いますが」

「僕を疑うのをやめてください。時間の無駄です」

「犯人の言いそうな台詞ですね」

軽口を叩《たた》きながらも、今日子さんは室内を検分する――誘拐犯が残していった証拠を探して、カーテンの裏側から始まり、パネル式の床マットまで一枚一枚、余さず裏返すほどに徹底して。

放っておいたら、原色の壁紙まで引き剝《ひは》がしそうである。

「まあ、今のは犯人の良心、あるいは知恵に頼った推理であって、そうではないケースも、探偵としては考えざるを得ませんが」

「——渡河ちゃんの命を、最初から保証しようと思っていない？　それでも取引は成立すると思っている？」

「要は生きていると、ご夫妻に信じさせればよいのですから——脅迫電話の際に、ギャン泣きを聞かされたとのことですが、録音テープかもしれません」

テープ、という言いかたに、忘却体質である今日子さんの時代性を感じる——一週間も記憶が継続すれば、ボイスメモアプリの存在を知る機会もありそうなものだが。

「その電話があった際、僕もそばにいましたけれど、スピーカーモードでもないのに、泣き声が聞こえるほどでした。ベビーシッターとして渡河ちゃんに仕えた身から証言させていただくなら、あれは録音ではありませんでしたよ」

ライブ配信という感じだった。

あくまで感覚だが——電話を受けたエイ江さんもそう言っていたので、そう考えてよいのではないか。

と言うか、そう考えるしかない。

他《ほか》にどうしろというのだ？　人質はもう亡くなったものと考えて、さっさと警察に通報しろとでも？

「合理的にはその通りですが、その合理を否定するために私がいるのです」

確かに、職業としての探偵ならまだしも、名探偵というのは、論理的ではあっても、合理的ではない存在だ――忘却探偵はその極北とも言えるだろう。まあ、合理的な人間なら、普通、不眠症の真っ最中に、謎に飛びついたりはしまい。

謎に飢える、という感覚は独特のそれだ。

「ところで、ないんですね」

「はい？」

「監視カメラ。この室内に。赤の他人に赤ちゃんを任せると言うのに」

赤々《あかあか》と、韻《いん》を踏まれたから気付きにくかったが、赤の他人とは僕のことか――まだ僕への疑惑が晴れていないことに、いちいちショックを受けることのほうが時間の無駄かもしれない。

雇用主が労働者を管理監督するために監視カメラを設置するというのはかなりディストピアめいているけれど、電子機器が発達した現代では、むしろ発想としてはレトロなほうに入るかもしれない。

裏返せば、個人情報の保護を重んじる忘却探偵の需要は、今後ますます高まる一方とも言える――不眠症が治ればだが。

「現代ではそれは、ベビーカメラと呼びます。赤ちゃんの様子を見守るための装置で、スマホなどに映像を無線で飛ばせます。無線はわかりますか？」

「五百歳とかではないので」

今日子さんは左袖をまくり、己の年齢を主張する――そこに書かれた『25歳』という数字も、正直、当てになるのかどうか。真相は本人のみぞ知る、と言いたいところだが、これに関しては、本人さえ知らない可能性があるのだ。

実は十代かもしれない。

「僕を監視するためのカメラではなく、赤ちゃんを見守るためのカメラなら、かつてあったそうです――ただ、すぐに取り外されたそうです」

「それはまたなぜ。労働者がストライキを起こしましたか？」

「ストライキを起こしたのは、強《し》いて言うなら渡河ちゃんですね。カメラで見守られているのがすごく嫌だったみたいで」

ギャン泣き。

である――カメラのレンズが向いている限り、泣き喚《わめ》き続けたのだそうだ。

赤子にカメラという概念も、もちろん無線という概念も、どころか子守りという概念も、理解できるはずもなかろうが、それでもとにかく渡河ちゃんは、『見守られる』ことに関して、非常に敏感だった。

直感的に敏感だった。

わからないでもない。

カメラの設置された部屋で仕事をするのは、信用されていないみたいで居心地が悪い——見守りと言えば聞き心地はいいが、要は見張られているようなものなのだから。ベビーカメラと言い換えたところで、だ。

僕の前職であるビーチセーバーも、まあ言ってしまえば見守りの側面と見張りの側面、両方を持っていた——そんな僕が冤罪をかぶせられたことは皮肉と言うより、構造的欠陥と言う他ないが。

「でも、その苦い経験を繰り返したということなのかもしれません——と言うのは渡河ちゃんはカメラのレンズのみならず、人の目にもむずがる子でしたから。人に見られていると、まず寝てくれませんでした」

「寝てくれない」

不眠症の今日子さんは、共感たっぷりに反復する——うん、その共通点には気付いていた。さすがに赤ちゃんと同列に語るのは憚《はばか》られたので、そうは言わなかったが。

「人目があるところでは眠りたくないという気持ちはわからないものではありませんが、随分とデリケートなお子さんだったんですね」

「デリケートという言いかたでは弱いですね。敏感と言ったほうが僕の肌感に近いです。なので、寝かしつけるときは必ず、背中を向けていなければならないほどで」

「背中を——って、まさか」

　そのまさかだ。

　僕は同じ部屋にいながら、渡河ちゃんに背中を向けていたために——保護すべき赤ちゃんを誘拐されたということになる。

　目の前で——否、目の後ろで。

6

「防音室は密閉されていますが、鍵《かぎ》をかけていたわけじゃないので、密室ではありません。ただ、夫妻が共に会社に向かう際に、玄関などの戸締まりはされているはずなので、頼瀬邸全体に関しては、大きな密室だったと言えなくはないです」

　ちなみに、雇われているのは僕だけだ。

　頼瀬夫妻はそれぞれに資産家ではあるけれど、他に使用人を雇用してはいない——ベビーシッターだって本当は雇うつもりはなかっただろう、ベビーカメラが使えれば。

『手のかかる赤ちゃん』。

「とは言え正直、推理小説に登場するような、強固な密室状態とは言えません。家主が出入りできる仕組みである以上、完璧《かんぺき》なセキュリティというものはありませんから」

ん。

なんだかこれも、犯罪者みたいなことを言っているな――だが事実だ。ピッキング不可能な鍵も、ハッキング不可能なコンピュータも、原理的に存在しえない。もしも『完全なる密室』を実現したければ、六方をコンクリで固めるしかあるまい――コンピュータは、ネットに繋がず、やはりコンクリで固めればいい。

コンクリは万能鍵だ。

「まるで『ハンカチ落とし』ですね。背中を向けている一瞬の隙《すき》をついて、赤ちゃんを誘拐するなんて」

今日子さんは呆《あき》れたように言った――僕の無能さに呆れているのか、犯人の大胆さに呆れているのかはわからないが。

どちらにせよ、するべき訂正はしなければならない。

「一瞬というわけではありません。渡河ちゃんが眠っている間は、見ないようにしていましたから――不思議なもので、寝顔を確認しようとするものなら、途端、ぱっちり目を覚ますんですよね」

寝たふりをして、ベビーシッターを試しているんじゃないかと思うほどだ――否、ご両親も、渡河ちゃんの同じ反応に苦労しているとのことだった。

それにしても赤ちゃんの泣き声というのは、どうして大人をああも、責め立てているように聞こえるのだろう？　何も悪いことをしていないのに、後ろめたいみたいな気持ちにさせられる——あれはあれで冤罪感がある。

「原理的には『視線を肌で感じる』なんてことは、ありえないはずなんですがね」

「そうでもありませんよ、厄介さん。視線はともかく、気配は感じられるはずですし。でなければ『ハンカチ落とし』はゲームとして成立しません」

そりゃあそうだ。

足音や息遣い、あるいは空気の流れなどで、背後を感じることはできる——わけあって背中を向けていたから赤ちゃんを誘拐されました、なんてのは、まったく言い訳にはならないのである。

(重ねて言うが)僕は誘拐犯じゃない。

罪は犯していない。が、責任はある。重大な責任が。

「この現場が防音室であることも、一因ではありそうですね。床にマットが敷かれていることも、足音が聞こえなかった理由かもしれません」

そう、一因ではあるだろう。

しかし遠因と言ったほうが正しいかもしれない——防音室と言っても完全に音を消せるわけじゃないし、床に敷かれたマットも、それを目的として敷かれているわけじゃない。あくまで、赤ちゃんが怪我をしないためのマットである。

パーフェクトな消音装置ではないのだから、僕の不覚をフォローしてくれる要素とはなり得ない――釈明の余地とはなり得ず、ご夫妻にとってはまごうことなく、僕が犯人のようなものだろう。

たとえ実行犯でなくとも。

「信頼して任せてもらったのに、申し訳ないとしか言いようがありません。それこそ頼瀬夫妻には、顔向けできませんよ」

「人がいいですねえ、薄給でこき使われておきながら」

先ほどの面談時に、僕の時給を聞いている今日子さんはそう肩を竦《すく》めた――人がいいというのは、褒《ほ》め言葉として受け取っておこう。

薄給なのは事実だ。薄幸であるのと同じくらい。

僕は高校球児よりも薄給を追いかけている自信がある――念のために説明すると、薄給と白球をかけたジョークである。

「高校球児のようにフェアに言うなら、出し惜しみをせずに、高額とは言わないまでも、常識的な額できちんとしたベビーシッターを雇っていれば、こんなことは起こらなかったかもしれません。結果として安く僕を雇った頼瀬夫妻は、超高額の身代金を支払うために、金策に走り回らねばならなくなったのですから。すぐに動かせるお金では足りず、遠方にお住まいの祖母に相談しているとか、なんとか」

「損して得取れ、ですか。私も経営者として、覚えておきましょう」

寝たら忘れますけど、と今日子さんは軽口めかして言った——不眠症の現状では、僕の薄給ジョークよりも外している感があるが。

「厄介さんこそ、寝ていたということはないんですか？」

「え？」

急に話が飛んだ？

いや、飛んでいない。

「背中を向けていたとか関係なく、勤務時間内に僕がうっかり居眠りをしてしまっていて、その隙に誘拐されたんじゃないかってことですか？」

「あくまで可能性をひとつずつ潰《つぶ》しているだけですが、ありえませんか？」

通常運転の網羅《もうら》推理か。

むう、いつもは『折角の推理を忘れてしまう、今日子さんの職務中の睡眠』を心配する立場にある僕が、あろうことか居眠りを疑われようとは——正直、犯人と疑われるよりも心外だ。

「確かに薄給の割に、この子守りという仕事はとんでもなく重労働ですが、それでも命を預かっている最中に居眠りなんてしません。そんな人間ではないのです。太ももを火箸《ひばし》で刺してでも、起き続けます」

「そこまでしなくていいですよ」

冷静に言われた。

簡単に納得してくれたのは、それでも一応は、一週間前の仕事で構築できた強固な信頼関係があるからか——結果として誘拐されている以上、目覚めてはいても、僕の不覚に違いはないのだが。

「それに、今日は渡河ちゃんは、おとなしく寝てくれていましたから。うっかり眠るほど、疲れてはいません」

「睡眠薬を盛られたという可能性は？」

誰が言っているんだの極みみたいな台詞だったが、それもなかろう——この家で僕が口にするのは、自作のお弁当と魔法瓶《まほうびん》に入れてきたコーヒーのみだ。

「ははあ。まかないも出ないというわけですか。そこまで徹底しないとなれないんですかねえ、お金持ちには」

「なりたくなくなりますよね」

「いえ、ぜんぜん」

さいですか。

いずれにせよ、過失でも、あるいは犯人による故意でも、僕が職務中に寝ていたという線はない——

「となると、犯人は忍者でしょうか？　天井からロープでつり下がってきて、ベビーベッドで眠る渡河ちゃんを攫っていったのでしょうか」

どこまで本気なのか、今日子さんは実際に天井を見上げて、そう言った——いや、忍者は冗談でも、天井から降りてきたなら足音はしない、か？　けれど、この頼瀬邸の天井がそのような仕掛けになっているかどうかはさておくとしても——いっそ吊《つ》り天井になっているとしても。

「たとえ天井からでも、渡河ちゃんを泣かさずに、つまり起こさずに、連れ去るなんて無理だと思いますよ？　疳《かん》の虫《むし》と言いますか、なんと言いますか——視線だけでも反応されるのに、抱《かか》え上《あ》げるだなんて」

「それは天井からじゃなくても同じじゃないです？」

言われてみればそうだ。

仮に、にぶちんの僕に気づかれることなく、抜き足差し足忍び足で、物音を立てることもなく、気配を感じさせることもない忍者が——そこまで行くと、忍者ではなく、僕の命を狙《ねら》う刺客だが——いたとしても、渡河ちゃんはそうではない。

さすがに赤ちゃんが泣き喚いたら、背中を向けていようが眠っていようが、僕が気付かないわけがなかろう。

死んでいても生き返るくらいの泣き声だ。

「それとも、クロロホルムか何かで渡河ちゃんを一瞬で眠らせて——いえ、駄目ですね。元々寝ていたんだから」

それに、赤ちゃんに睡眠薬や麻酔は危険だ。身体《からだ》が小さい分、ダイレクトに効果が現れ、睡眠どころか永眠させてしまいかねない。

「厄介さん、その場合は気付きませんか？」

「はい？」

「私は、真後ろで赤ちゃんが、『音もなく』殺害された場合の話をしています。気付きませんか？」

「…………」

可能性の話をしているだけだとわかっていても、ぞっとする可能性だ――まあ、その場合は、『泣き喚く』ことは、確かにないわけだが。

「脅迫電話で聞かされた渡河ちゃんの泣き声のことはいったん忘れて、ですよね？」

「ええ。そうなります」

「うーん」

具体的にどんな手段を取ったとしても――想像もしたくないが――『音もなく』、かつ『一瞬で』、『気配もなく』赤ん坊を殺害するなんて、忍者でも刺客でも、なしえないんじゃないのか？　そんなことができるのであれば、気付かれないように誘拐することもできそうだ――何もわざわざ命を奪うことはない。

『手のかかる赤ちゃん』だからって、手にかけなくても。

倫理観や道徳心はさておいても、生かせるなら人質を生かしておいたほうが、のちの交渉が有利に進むのは間違いないのだから。

「そうでしょうね。訊《き》いてみただけです」

既に僕からの答に興味を失ったように、今日子さんはベビーベッドの柵《さく》を持って、外側からがちゃがちゃと揺らしている――いったい何をしているのだ？

「いえ、ベビーベッドにトリックがあるんじゃないかなと思いまして」

「トリック、ですか？」

「まあ手品みたいなものですが。柔らかいマットレスに、ずぶずぶと赤ちゃんが沈み込むとか。敷かれているタオルの中にくるまっているとか――なさそうですね」

いなくなったと思った赤ちゃんは、ベビーベッドの内部に収納されただけで、間抜けな僕が慌てて部屋から飛び出したのちに、邸内に侵入していた犯人は、人目をはばかることなく、ゆっくりと育児室に忍び込んだと――しかし、そんなからくり仕掛けみたいなベビーベッドを、いつ育児室に仕込むのだ？

謎解きとしては実に武骨で面白いが、しかし無音でからくりが始動するとも思えない――それに、赤ちゃんの感覚はわからないが（覚えていないが）、寝ているベッドでそんな地盤沈下みたいな出来事があったときに無反応でいられるか？

泣き喚くどころか、引きつけを起こしかねない恐怖現象だ。

仮にそこを滞りなく——スムーズにからくりが作動したとしても、結局その後、犯人は通常の誘拐をおこなわねばならないのだ。渡河ちゃんの不在に気付いて部屋を飛び出したとしても、僕は家から外に出るわけじゃない——防音室から外に連れ出した時点で、渡河ちゃんの泣き声は邸内どころか、近所中に響き渡る。まさかベビーベッドが、自動運転のベビーカーみたいに、勝手に誘拐までを果たしてくれるわけじゃなかろう。

「現代には自動運転のベビーカーなんてあるんですか？」

「あ、いえ。もののたとえです」

「でしょうね。このベビーベッドにも、何のトリックもないようです——何の変哲もないただの檻《おり》です」

檻と言って欲しくはないが、まあ檻みたいなものか——種も仕掛けもなかろうと、赤ちゃんにとっては、ほとんど脱出不可能な密室みたいなものだろう（つまり、渡河ちゃんがそっと目を覚まし、自発的に育児室から出て行ったという線もない）。

残念ながらこの檻は、誘拐犯から守ってくれる檻にはならなかったようだ——『看守』としては、否、『子守』としては、情けない限りである。

「ふむ。大体のパターンはこれで潰せましたかね。厄介さんが犯人であるという可能性以外は」

「真っ先に潰して欲しい可能性なのですが」

「では、ここでひとつ実験をしてみましょうか。厄介さんの証言に、信憑性《しんぴょう》があるのか、ないのか――『ハンカチ落とし』と洒落込《しゃれこ》みましょう」

言って今日子さんは、本当にポケットから、折り畳んだハンカチを取り出した――彼女の髪の色のような、純白のハンカチだった。

7

ハンカチ落とし。

それこそもののたとえで言っているのだと思ったが、しかしこんな子供じみた遊びを、今日子さんと興じることになるだなんて、夢にも思わなかった。

夢と言うより、眠れない夜に見る幻覚のようだ――僕が不眠症にでも罹《かか》ったか。

「普通にハンカチ落としをやっても検証になりませんから、ルールを逆にしましょう――あらかじめ厄介さんの背後に落としてあるハンカチを、気付かれないよう、鬼である私がこっそり近付いて拾うというゲームです」

ハンカチ落としならぬハンカチ拾い。

と言うより、ルール的には『だるまさんが転んだ』に近いかもしれない。

「そうですね。あるいは『缶蹴《け》り』かも――赤ちゃんを蹴ってはいけませんが」

「当たり前です。疳の虫ならまだしも」

「誘拐してもいけません。厄介さんは、部屋の中央辺《あた》りに、両膝《りょうひざ》を抱えて座ってください。そのすぐ後ろにこのハンカチを設置します。私は部屋の壁に張りついた『壁の花』状態から、厄介さんの隙をついて近付いていって、そのハンカチを拾いに行きます。ハンカチが拾われたと思ったら振り向いてくださいーー振り向くまでに私が壁まで戻ることができたら、厄介さんが犯人です」

え？　こんな遊びで僕の有罪が立証されてしまうの？　にわかに風雲急を告げてきたーーあと、『壁の花』という表現は、随分古いな。

「うふふ。私の夢は、新聞紙を壁紙にすることですがね。あらゆる事件記事に囲まれたいです」

「それこそ危険な犯罪者みたいじゃないですか？」

探偵と言うよりは。

言いながら、僕はベビーベッドをいったん脇《わき》に除《の》けて、今日子さんに言われた通り、育児室の真ん中に腰を下ろすーーそして言われた通り、両膝を抱えて座る。位置はともかく、どうして座りかたまで指定するのだろうかと思っていたが、なるほど、この座りかたは、両手両足を固定する形になるのか。

拘束されなれている僕だけど、これは不見識だった。

つまり僕の動きは封じられ、感覚のみを頼りにすることになる——渡河ちゃんが誘拐されたときと同じシチュエーションとは言えないが、それなりに近い。できる限り、渡河ちゃんが目を覚まさないよう、背中を向けるだけでなく、身動きも最小限にするように心がけていた。

「はい。ハンカチを置きました。壁際まで下がりますね。フライングで振り向いても有罪ですよ」

司法が厳し過ぎるな。

とんだ夜警国家だ——そう言えばあの有名な絵画は、修復したら昼間の絵だったんだっけ？　その一件から不眠症にかけて、うまく風刺を利かせられそうな気がしたが、今はそんな状況ではなかった。

身《み》の証《あかし》を立てるためにも、今日子さんと全力で遊ばなければ——かすかに聞こえる足音で、あるいは床マットを通じたわずかな振動で、今日子さんが壁際へと歩んでいくのがなんとなくわかる。

やはりスリッパを履いていようと、抜き足差し足忍び足であろうと、あるいは名探偵であろうと、完全な無音・完璧な無振動で歩むということは不可能だ——いや、まだゲーム開始前だから、本気を出していないだけかもしれない。本気の抜き足差し足忍び足ってなんだという気もするが——

「はい。壁際につきました。私の歩幅で、およそ五歩ですね。厄介さんなら三歩でしょうか――それではオープン・ザ・ゲーム！」

子供の遊びにしてはカジノみたいなかけ声だった――僕は目を閉じて集中する。あのときもこうしていたら、と思う――実際、ベビーシッターとして、本当に油断がなかったと言えるだろうか？

気難しい渡河ちゃんが眠ってくれているという事態に、少なくとも弛緩《しかん》はあったはずだ――居眠りこそしていなくとも、職務時間だというのに、休憩時間のように過ごしていたんだろうと譴責《けんせき》されれば、返す言葉がない。

このゲームで僕の有罪が立証されるようなことがなくっても、頼瀬夫妻から職務怠慢で訴えられれば、その処分は甘んじて受けなければならないだろう。

この冤罪王も、ついに年貢の納めどきが来たというわけか――と。

不覚を取った僕が的外れとしか言いようのない覚悟を決めている間に、しかしながら、一向に今日子さんに動きがない――足音も、振動も、息遣いも、空気の流れも感じない。そんなものを感じられるのかどうかはわからないが、生き物が近付いてくる体温――みたいなものも感じない。

忘却探偵の常連客である僕なのに。

そこまで感じたら常連客どころか変質者じみているとも思うが、けれど一方で何の気配も感じないのは事実だ——動きに気付くのではなく、動きがないことに気付くレベルの不自然さ。

まさか焦《じ》らし戦法か？

確かにこのゲーム、時間を限ってはいなかった。

さては壁際にとどまって、僕の集中力が切れるのを待っている？

なるほど、それでこそ、事件当時の再現になるのだろう——有罪立証とか、あえてあんな風に過度な緊張感を僕に強いて、生じる緩和との落差を狙うことで、今の僕と、当時の僕とを同調させる作戦か。

いい作戦だが、あらかじめそうとわかってしまうと、僕も緊張感を簡単には切れなくなる——どころか、限界まで張り詰めた状態を維持しなければという気持ちになる。逆に、僕の背中しか見えない今日子さんには、わかるのだろうか？　僕の集中力、緊張感が切れる瞬間なんて——

「はい。誘拐完了しましたよ」

「え？」

むしろ、僕の集中力がピークに達した瞬間を狙い澄ましたかのように今日子さんにそう言われ、僕は思わず振り向いてしまった——しまった、引っかけだ！　フライングは有罪とあらかじめ言われていたのに、こんな簡単なフェイクに引っかかって振り向いてしまうなんて

――が、それも違った。

まだハンカチを『誘拐』していないのに、『した』と宣言することで、僕を慌てさせて振り向かせるというような、抜き足ならぬ初歩的なフェイクではなかった――振り向いた先の、壁際に立つ今日子さんは、確かにひらひらと、純白のハンカチを振っていたからだ。

それでも往生際悪く、あのハンカチは予備のハンカチなのではと、僕はばっと床に目を落としたが、そこには何もなかった。単に負けを認めて項垂《うなだ》れたみたいなポーズになってしまった。

なんてこった、これで僕は誘拐犯だ！

いや、そんなわけがない。

反省すべきは反省するとしても、こんなゲームで判決を下されてたまるかという気持ち以前に――こんな不正を甘受するわけにはいかない。

「今日子さん。最初からここに置いてなかったんでしょう。ハンカチを」

「ええ。『ハンカチを置きました』と言っただけです」

しれっと、ハンカチを振り続けながら言う今日子さん――悪びれる様子はまるでない。

恥じるところもなさそうだ。

「その後、ハンカチを持ったままで、壁際まで下がりました。それからは一歩も動いていません。厄介さんはそれに気付くことはありませんでしたが」

「そ、そんな堂々と——」

一歩も動かなければ、目視しない限り、気付かなくって当然だ。ハンカチを拾われるのを防ぐにしたって、赤ちゃんが誘拐されるのを防ぐにしたって、最初から存在しなかったのでは——

「あれ？」

あれ？

つまりこれは——そういう実験だったのか？

「ええ」

と、今日子さんはくるくると回していたハンカチを小さく折り畳んだ——そしてそれを、手の内に隠してしまう。

「赤ちゃんなんて、最初からいなかったんです」

8

ホラー小説のオチみたいなことを言われたが、これは寝不足ゆえの今日子さんの言葉足らずであって、実際にはとても現実的なミステリーの解決編だ。

リアリスティックなエンディングだ。

最初からいなかったというのは、あくまでも本日、僕がこの頼瀬邸に、ひいては育児室に出勤してきた時点でいなかったという限定的な意味である——頼瀬渡河という人物は、きちんと存在する。

ただ、育児室にはいなかった。

ベビーベッドの中にも。

そんな風に言われたところで、『ハンカチ拾い』実験の被験者となる以前の僕だったら、まさかそんなはずがない、ありえないにもほどがある、机上の空論ならぬベビーベッド内の空論だと、絵に描いたような『一同』のリアクションを取ったことだろう——勢い余って、『僕は確かに見ました、渡河ちゃんがベビーベッドの中にいるのを』とまで言ってしまっていたかもしれない。

だが見ていないのだ。

だって——僕が渡河ちゃんの『子守り』を引き継ぐ際には、渡河ちゃんは眠っていたのだから。

否。

『眠っている』と、言われたのだから——

「居眠りの疑いをかけられた厄介さんはこう仰いました。『今日は渡河ちゃんは、おとなしく寝てくれていましたから』——と。どうとでも取れそうな一言ですが、逆に言うと、『最初から寝ていた』という意味にも取れますよね——そして『最初から寝ていた場合』、厄介さんには、それを確認することはできません——視認することはできません。寝顔を見たり、寝姿を見たりすることは——だって、せっかくおとなしく寝ている赤ちゃんが、視線を感じて、起きちゃうかもしれませんもんね？」

「………………」

そう。

確認できない——視認できない。

つまり、僕はその時点で、渡河ちゃんに背を向ける——そこにいると思い込んで、空っぽのベビーベッドから視線を逸《そ》らす。まあ実際には、完全に空っぽではなく、丸めた毛布やらそれっぽい人形やらを置いていた可能性はあるけれど——それすら僕は見ていない。

でも、いると思うに決まってるじゃないか。

頼みの綱である名探偵からハンカチを置きましたと言われたらそれを信じるように、雇い主から、つまり実の両親から今ちょうど寝たところだと言われたら、そこで赤ちゃんが寝ていると思うに——

「……ならば、誘拐犯は頼瀬夫妻ですか？」

「そうなるでしょうね。そんな嘘《うそ》をついたのなら」

神隠しならぬ親隠し。

薄給で厄介さんを雇ったのは、最初からスケープゴートにするためだったんでしょう——

と、今日子さんは身も蓋《ふた》も、救いもないことを言った。

否。

救いはあるのだ。

「……頼瀬夫妻が犯人だって言うなら、渡河ちゃんは無事ってことですよね。その方法なら、我が子を傷つける必要はまったくないわけですし」

「眠たくなるほど、いい人ですねえ」

厄介さん、いつか本当に有罪にされますよ——と、今日子さんに有り難くも忠告されたが、その恐れはないだろう。

最速にして忘却の名探偵がいる限り、僕が眠れぬ夜を過ごすことはない。

9

ここから先は、真実と言うよりただの事情だが、『どんな動機があろうとも犯罪は犯罪であり、許されるものではない。犯罪者にもある五分の理など知ったことか』という意見を尊重するのであれば、同じように、頼瀬夫妻の意見も汲《く》まないわけにはいかない。

と、偉そうなことを言っても、僕の想像した彼ら夫妻の動機はまるで典型的で、的外れだった——てっきり、事業による損失の辻褄《つじつま》だかなんだかを、帳面上で合わせるために、我が子が誘拐された風を装い、身代金を支払ったという形を取ろうとしたとか、そういうのだと思った。

が、そうではなかった。

むしろどちらの事業も順風満帆過ぎるほど順風満帆だった――損失のその字も出ていない、むしろ右肩上がりの昇り調子だった。

生まれたての我が子との時間も取れないほどに。

エイ江さんの出産当日まで働いて、すぐに職場に復帰したという武勇伝は決して大袈裟《おおげさ》ではなかった――また、川三さんにしても、出産立ち会いなど夢のまた夢だった。

育休？

あなたがたの代わりなんていないんですよ、子育てなんて他人に任せておけばいいじゃないですか――そんな普通の人みたいなことを言わないでくださいよ、選ばれしお金持ちなんですから。

育児のために防音室を作るようなふたりが、ベビーシッターを薄給で雇うところには、共通点ではなく矛盾を見いだすべきだった――ベビーカメラがあろうとなかろうと、彼らは使用人を雇いたくなかったのだ。

子育ては自分でしたかった。

それでもこの不況下、薄給であろうと過酷であろうと、（僕のように）わけありの就職希望者は現れるわけで――ならばいっそそれを逆手《さかて》に取ることにした。

狂言誘拐。

それも、雇ったベビーシッターの失態による誘拐——やはり子供は自分で育てるしかないのだと、これ以上なくわかりやすく、周囲に示そうとした。

ちなみに渡河ちゃんは、祖母に預けられており、脅迫電話もそこからかかってきたものだった——つまり、金策の相談をしていたという触れ込みの、遠方に住む祖母も共犯だったということになる。

否、電話越しに割れんばかりの泣き声を響かせた渡河ちゃんも——か。

警察の介入を嫌うわけだ。

探偵の介入だって、本来は御免だっただろう——不幸中の幸いは、掟上今日子が忘却探偵だということである。

指摘した犯行動機である『育児ノイローゼ』ならぬ『育児できないノイローゼ』のことも、彼女はすぐに忘れる——冤罪をかぶせられた僕も、未払いの給与をいただいた上で、おふたりがカウンセリングを受けることを条件に、口をつぐむことにした。

寝た子は起こすまい。

そういう寛容さは本人達のためにはまったくならない、社会のためにもならないという鋭いご指摘もわかるけれど、だからと言って、別にふたりのためではない——渡河ちゃんのためだ。

渡河ちゃんが大きくなったとき、己が実の親から狂言誘拐されたなんて知ったらと思うと、非常に寝覚めが悪いから――まあ、僕も利己的なことを言わせてもらえたら、疑われたり濡れ衣を着せられたりするたびに人を恨んでいたんじゃ、身体がいくつあっても足りないし。

あなたがたが忘れないのであれば、僕は探偵のように忘れよう。

寝覚めと言えば、今日子さんの不眠症はどうなったのかって？

ご心配なく。

確かに彼女が眠れないことには、夫婦の『事情』の隠蔽《いんぺい》に関していささかの不安が残ってしまうけれど、やはりこのたびの謎解きが名探偵の脳にとっていい具合の負担になってくれたのだろう――あるいは僕の言い分が、本当に眠たかったのかもしれないけれど――、頼瀬夫妻との話し合いを終えて育児室に戻ってみると、ベビーベッドにしなだれかかるようにして、今日子さんは眠りについていた。すべてを忘れた彼女が覚えのない家の覚えのない育児室で目覚めたときのことを考えると、僕は保険証が必要なほどに頭が痛いが、それはともかくとして。

一週間ぶりに眠る忘却探偵は、潔白が証明された僕よりもよっぽど赤ん坊のように、罪のない寝顔だった。

『掟上今日子の不眠症』――忘却

第二話　掟上今日子の親知らず

1

「た――探偵を呼ばせてください！」

またしても僕（隠館厄介）がこうも声高に叫んだところで、やれやれ冤罪くんがまた何か言っているよとしか思ってもらえないことを承知の上で、僕は叫んだ――そう、まさしく冤罪くんが何か言っているのである。

聞いてもらわなくては困る。

言っているのだから。

僕が困るというのはもちろんだが、この国の司法制度だって、ひいては全国民だって困るのだ――もちろん、善良なる市民という意味での全国民だが。

法治国家で冤罪を生んだとなれば、司法制度の信頼は地に落ちるがゆえに、僕が冤罪をかぶるわけにはいかないのである――善良なる市民にしたところで、いかに自分が善良であろうとも、ある日突然、あたかも理不尽な交通事故に遭うかのごとく、だしぬけに身に覚えのない罪で捕縛されるかもしれないとびくびくしながら生きるのはまっぴら御免だろう（もっとも、理不尽な交通事故にだって尽くされない程度の論理は存在し、信号無視だったりスピード違反だったり、はたまた無免許運転だったり飲酒運転だったり、『罪』に類する原因があることを忘れてはならない――忘れては）。

更に言うなら、ひとつの冤罪は、ひとつの『無罪』を、ひとつの『無罪放免』を生むことをゆめゆめ見失ってはならない。

よく言われるところの、冤罪のもっとも重要な問題は、間違った人物を逮捕することで、真犯人を野放しにしてしまうことである——野放しにされた真犯人は、何の罰も受けることなく、つまり改心や更生の機会を得ることなく、ひいては第二第三の犯罪に手を染める可能性が高まるのだから、という論調だ。

善良なる市民に不良なる市民が混じることになる。

無罪を有罪にすることは、有罪を無罪にすることなのだ。

もっとも重要と言われると、冤罪をこうむる当事者としては一言もの申したくなる論調なのだが（いや、それは確かに問題だけれど、無実の人間が牢《ろう》にとらわれることだって重要だろう、ともの申したい）、まあ社会に与える影響という意味ではおおむね間違っていない——冤罪であろうとなんであろうととにかく『犯人』を捕まえてしまえば、他の善良なる市民が心安らかに生活できるという身も蓋もない理論もあるのだが、それを採用するわけにはいかない。

誰かの身代わりで収監されるわけにはいかない。しかも、犯罪者の身代わりで収監されるわけにはは——ゆえに僕は今日も叫ぶわけだ。己の自由のために、社会の平和のために、世界の安寧《あんねい》のために。

探偵を呼ばせてください、と。

できる限りの大声で。

一メートルでも遠くへ届けと。

もっとも、この悲痛なる、断末魔《だんまつま》さながらの絶叫がいついかなるときも同じように響くかと言えば、必ずしもそうとは言えないのがこの世の複雑さである――冤罪なんてどれも一緒でしょうと思われるかもしれないけれど、しかし奇妙な言いかたになりはするが、『いい冤罪』と『悪い冤罪』の区別はなくとも（一様に『悪い』）、『嫌な冤罪』と『より嫌な冤罪』はある（『好きな冤罪』はない――厳密には『ほとんどない』。一度、酷《ひど》い悪政を敷く国家を転覆させた革命罪に問われたことがある――日本にいながらにして。あれなどは例外的に誉れ高い罪状ではあったけれど、まあ、やっぱり居心地は悪かったし、迷いはしたものの、ちゃんと探偵を呼んで、誇りある疑惑を払拭《ふっしょく》してもらった）。

まあ選り好《えごの》みは許されないにしても、やはり同じ冤罪でも、『これは勘弁してほしいな』とうんざりするような冤罪はあるということだ――そういうときはやっぱり、叫ぶ声にも力が入る。

今回は力が入っていた。死力を尽くしていたと言ってもいい。

なにせ人死にが絡んでいる。

とは言え、殺人罪に問われることには、悪い意味で慣れている。重罪だし、凶悪犯罪であることは議論を俟《ま》たないにせよ、だからこそ僕のような冤罪常連者にとっては、安心して頼れる探偵を呼べるという面もある――雇われる探偵側にしても、そのような事案は腕の見せどころというわけだ。

ペット探しや浮気調査も大切な仕事だが、推理小説に登場するような名探偵を志す者とすれば、やはり殺人事件こそがミステリーの華なのだ。

逆に言うと、知的好奇心で動く名探偵ですら――殺人事件を高度なパズルのように扱う、ある種不謹慎とも言える名探偵ですら嫌悪感を示すような犯罪も、世の中には厳然として存在するわけで――そう聞くと誰しもそれぞれ、地雷となるような犯罪が思い浮かぶことだろうが、僕の場合は死体損壊がそれに当たる。

死体損壊。

わかりやすい例で言えば、バラバラ殺人だろうか――死体を切り刻む行為には、僕はなんと言うか、生理的な嫌悪感を覚える。それが出てくる推理小説を読むことができないというほどではないけれど（フィクションはフィクションとして割り切る――切り刻みはしない）、現実に自分自身がバラバラ殺人の容疑者とされてしまったときには、むしろ身を引き裂かれるような、なんとも言えない思いをする――僕がそんなことをするわけがないじゃないかと、普段は常套句《じょうとうく》過ぎて言うのを避けている、冤罪くんの常套句を吐《は》きたくなる。

不思議なことに（本当に不思議だ）、生きているうちにバラバラにされたという事件の場合（たとえば、電車に轢《ひ》かれたとか――僕が車掌だったんじゃないかと疑われた）、被害者への哀悼《あいとう》の意に偽りはないにしても、嫌悪感は常識的なレベルに収まる。同じ首切り殺人事件でも、『首を切断して殺した』ケースと『死後に首を切った』ケースでは、後者への嫌悪感のほうが強くなる――これなんて我ながらわけがわからない。残虐性は前者のほうが強いと、頭では理解できるのに――切断されていない頭では。

恐らくたぶん前世で何かあったのだろう。

前世でバラバラ殺人事件の被害者になったとか――前世でバラバラ被害者になり、現世では冤罪くんになるなんて、いったい僕は前々世でどんな悪事を働いたんだと思わずにはいられないが（類まれなる善行を働いたのかもしれない。反動が働いたのかも）、ともかく、今回の冤罪は、死体損壊である。

働いていない悪事。

細かく言うと、それは殺人罪の余罪なのだけれど、僕からすれば、殺人罪のほうが余罪だ――あろうことか、そんな不名誉な冤罪をこうむるわけにはいかない。

さあ探偵を呼ぼう。

いつもよりも大きな声で。

一刻も早く晴らしたい冤罪を晴らすためには、言うまでもなく、最速の探偵を呼ばねばならない――一刻も早く忘れることは、僕にはできないのだけれど。

2

「初めましてー—てて、いてて。探偵——たんていいててての掟上今日子です」

ともすればけばけばしくなりそうな紫色のコーディネートを上品に着こなして、警察署の面会室に通された今日子さんは、しかしいつもの『初めまして』の挨拶を嚙《か》み嚙みだった——いや、嚙んでいない。

むしろ嚙まないように慎重に、口の動きを最小限にしているのが見て取れる——いつもとぼける際に小首を傾げてそうするように（『え？　依頼料が割り引きだなんて言っていませんよ？　言ったとしても忘れました』）、手を顔に当てているが、それはどうも、頰《ほお》の外側から、口腔《こうこう》内を撫でている仕草のようだった。

面会室のアクリル越しでもわかる。

「今日子さん、虫歯ですか？」

「いえ、親知らずです」

今日子さんは嫌そうに言った——少なくとも仕事中は、ビジネスライクな笑顔に徹する今日子さんにしては、珍しい表情だ。

「一本も虫歯のない、ホワイトニングな歯が自慢だったのですが、空気を読まずに生《は》えてきた親知らずが私の奥歯を圧迫しているようです」

親なんて元々忘れていますのに、と今日子さんは付け加えた――毒舌だ。

親知らずは『親を知らない』のではなく、『親が知らない』だったと思うが、博識の名探偵が言うのだから、もちろんそんなこと承知の上での文句だろう。二重の意味での文句だろう。

しかし、親知らずか……。

僕は四本とも普通に生えてきて、普通に既存の歯と並んだので、残念ながら今日子さんに『わかりますよ、その痛み』と共感を示すことはできないのだけれど、咬合力《こうごうりょく》が弱くなり、顎《あご》が相対的に小さくなりつつある現代人にとっては、深刻な病である――僕は健康にだけは恵まれているけれど、この場合は体格、ひいては骨格に恵まれていることが、幸いしたと言えようか。

親知らずは、その磨《みが》きにくい位置から虫歯になりやすいとも言うけれど、今日子さんの場合はそれ以前の問題らしい。

「ええ。もう生えるスペースはないと言いますのに。よくも私の奥歯を」

「親知らずも今日子さんの奥歯ですが」

「だとすれば親の心子知らずですよ」

明確に機嫌が悪い。

まあ、歯のトラブルを抱えたまま、機嫌良く暮らせる人間なんて、そうはいないが――今日子さんは名探偵ではあるけれど、さりとて超人ではない。徹夜を繰り返せば普通に機嫌が悪くなるし、不眠症でハイになったりもする――耐えがたい痛みには、普通に耐えがたいようだった。

「虫歯ばっかりは、『眠って忘れる』というわけにはいきませんもんね」

「むしろ痛くて寝つきが非常に悪くなります。麻酔を打っていただきたいです」

推理の末に到達した真相を忘れさせるために、今日子さんをあの手この手で眠らそうとしてきた数々の犯人達のことが想起された――彼ら彼女らがもっとも聞きたかった台詞だろう、今日子さんの口から、『麻酔を打っていただきたい』なんて。

「そんなわけで、隠館さん。依頼人の隠館厄介さん。歯医者さんの予約がありますので、事件を早急に解決させていただきます」

最速の推理は望むところだが、その理由はなんか嫌だな。

口先でいいから、社会正義のためとか言ってほしい――その口先が痛んでいるのだから、やむを得ないか。

歯医者の予約。

右腕の備忘録には、予約時間が追記されているのだろうか――だとしたら、切り札である素肌のスペースを、普通の備忘録として使ってしまっている。

まあそういうこともあるだろう。

名探偵にもプライベートはある——守秘義務で守られるようなプライベートが。

それに、今日子さんには悪いが——どころか最悪だが、好都合ではないにしても、好循環とは言える。

おかしな巡り合わせだが。

此度《こたび》、僕が見舞われているのも——歯のトラブルなのだから。

3

「抜糸？」

「いえ、抜歯です——僕も詳しく聞いているわけではないんですが」

僕を留置場にぶち込んだ刑事さんは、頑《かたく》なに事件の詳細を教えてくれなかった——この行為を責めるわけにはいかない。取り調べにおいて被疑者の自白、なかんずく『秘密の暴露』を求めようとするならば、一から十まで、すべてをつまびらかにするわけにはいかないからだ。

「まあ要するに、発見された死体から、歯がすべて抜かれていたということです」

死体損壊——である。

とんだ『要するに』もあったものだ——要したくない。

導入で、首を切断して殺すよりも、殺したあとで切断する行為のほうに嫌悪感を覚えると言いはしたものの、これに関しては、どうやら死後におこなわれた行為であることに、さすがに幾許《いくばく》かの安堵《あんど》を覚える――生きている間にすべての歯を抜かれるなんて、拷問じゃないか。

たとえ麻酔が施されていてもだ。

されている最中に、いっそ殺せと言いたくなるだろう――言える歯が残っているうちに。

「ふむ。つまり、死という麻酔が施されていたわけですね――いてて」

名探偵のお洒落な台詞も、親知らずが台無しにしている――先に病院に行って、痛み止めでも飲んできてほしかったところだけれど、しかしまあ、痛み止めは事実上の麻酔である。実際問題、それで名探偵の灰色の脳細胞の働きが鈍っても困るし、眠られてしまってはもっと困る。

むろん、安堵を覚えると言っても、あくまで生きている間に抜歯されたのと比べればの話であり、首であろうと歯であろうと、死体損壊は死体損壊だ――非常に胸が悪くなる。歯ぎしりをしたくなるほどに――いや、歯がかじかむというのが実際のところか。

死体には敬意を払うべき、という考えかたが、なぜか僕の中に根付いているのだろう――おそらく、どんな極悪人であろうと、死者には敬意を払うべきだという思想の延長線上にあるのだと思う。

これは『死ねば許される』という死刑制度の肯定感に繋がってもいるので、冤罪くんとしては複雑なところもある。

「なるほど。死体を痛めつけるというのは、死者への冒瀆《ぼうとく》という意味で、死刑よりも酷い罰と見做《みな》すこともできますからね——いてて。そういう目的で、隠館さんは殺した被害者の歯をすべて抜歯したのですか？」

「いえ、そういう目的では——じゃなくて、殺してません。歯も抜いていません。死体損壊をしていないんです、僕は」

例によって今日子さんが、必ず僕を疑う工程が挟まれるのはいいとして——よくはないが——、まさしく今回の要点となっているのは、『真犯人はどうして、被害者の歯を死後、すべて抜歯したか？』だった。

取調官が、僕から聞き出そうとしているのは、その点に関する『秘密の暴露』だった。

その目的を僕が語れば、もういつでも送検できると言わんばかりだったが、しかし知るわけがないし、するわけがない。

否定するだけでも気分が悪い。

疑いをかけられただけでも、侮辱された気分だ——それは全冤罪がそうか。

「確かにわかりやすい動機ですが。罰を与えるために死体を損壊するというのは——恨みを晴らすためと考えれば」

「では、そうなのでは？」

頬をソフトタッチで撫でながら、今日子さんはそう返してきたが、ことはそう単純でもない。今日子さん自身、わかってはいるだろう――これは網羅推理の第一歩目だ。

付き合おう、その散歩。

「被害者に恨みを晴らすためにする死体損壊としては、歯をすべて抜くというのが、どれほど効果的なのか疑わしい――と、刑事さん達は考えているようです。まあそうですよね。口の中のことですから」

口を閉じさせればわからない損壊だ。

さらし首にするような罰とは言えない。

「それはどうでしょう。見えないところのお洒落こそ大切であるという考えかたもありますし」

お洒落には一家言ある今日子さんらしい意見である――歯痛に耐えながらも、反駁《はんばく》するべきところは反駁する。

半端《はんぱ》にはしない。

「お歯黒とか、ですか？」

「お歯黒がそうだとは申しませんが。たとえ痛みがなくとも、美容的な観点からしても、歯を全部抜かれたいと思う人は、そうはいないと思いますよ。聞くところによると虫歯ではなく、役作りのために抜歯した俳優さんがかつておられたそうですが、なかなかそこまではできません」

なるほど。

まあ、己の顔に愛着があろうとなかろうと、強制的な抜歯で顔を変えられてしまうというのは、あまり嬉しいことではないだろう――『親が見てもわからない顔』とまではいくまいが、そうすることで、犯人は被害者への恨みを果たしたと言えるのか？

「言えないでしょうね。いえ、被害者が歯科医で、犯人はかつてその歯科医から乱暴な抜歯をされ、顔を変えられたことを恨んでおり、殺したあとにその復讐《ふくしゅう》をしたという可能性は考えられますが――ところで隠館さん、抜歯の経験は？」

なぜこのタイミングで訊く。

僕が歯科医に恨みを持っているかのように――明らかにこれから抜歯を受ける今日子さんだからこそ出てきたアイディアだろうに。

「親知らずに限らず、抜歯されたことはありませんね。と言うか、被害者は歯科医ではありません。普通の会社員だそうです」

「普通の会社員なんていませんよ。どこにでもいる平凡な高校生がいないように。みなそれぞれに――いてて」

含蓄のある台詞もまた、歯痛に耐えながらでは締まらないな――もちろん、その通りではある。

だからわざわざ、『特別な被害者』などになる必要はないのだ。

「では、逆に犯人が歯科医であるという可能性はいかがでしょう。隠館さん、歯科医師免許はお持ちですか？」

「持ってません」

僕に向けられた疑いはともかく、犯人が歯科医というのはどういう発想だろう――いや、確かに言われてみれば、ごくごく自然な発想でもあるのか。人間に対して抜歯をおこなえるのは、本来、歯科医だけなのだから――ただ、普通の歯科医は、死体から抜歯したりはするまい。

「普通の歯科医なんて――」

言いかけて、今日子さんはやめた。

これは歯に痛みが走ったからではなく、どうやら時間を気にしてのようだった――そう、今日の今日子さんには、歯科の予約がある。記憶が一日でリセットされるから最速の推理をおこなう忘却探偵という触れ込みのはずだが、次の予定があるから急いで推理するというのは、なんだか、普通の名探偵だ。

普通の名探偵もいないのだろうか。

「――要は殺人鬼に闇堕《やみお》ちした歯科医が犯人だったケースです。その場合、凶器にペンチを使うこともあるでしょう」

闇堕ちって。

比較的最近の言葉だと思うのだが、今朝覚えた言葉だろうか？

「歯科医、あるいは元歯科医が犯人だという可能性はないと思います」

歯科医の名誉のためにも、僕は明言した――いくら今日子さんが、今日、意に沿わぬ形で歯医者さんに行かなくてはならないとしても、だからと言って不当に歯科医を犯人扱いしてもらっては困る。

「ほう。庇《かば》いますね。何か利害関係が？」

疑うなあ。

やはり人間、歯が痛いときは、とげとげしてしまうものなのだろうか――八つ当たりされても困るので、僕は説明した。

「殺人鬼の歯医者さんっていうのは、ホラー映画でもありそうなくらいですけれど、この場合は違うんじゃないかと――凶器と言っても、歯が抜かれたのは死後ですし、虫歯だけが抜かれたというわけでもないでしょうし」

今日子さんのように、虫歯が一本もないというのも珍しいけれど、歯がすべて虫歯というのも珍しいだろう。特に理由がなければ、そこまで悪化する前に、何らかの処置はするはずだ。

「また、抜きかたが非常に素人っぽかったそうです」

「素人」

「ええ――僕もはっきりそうだと刑事さんから教えてもらったわけじゃないんですけれど、いかにも素人という手際で、乱暴に抜歯されていたそうなので」

死後の抜歯だったからそこまでの惨状にはならなかったけれど、もしも生きているときに施された処置だったら、口中血まみれどころでは済まなかっただろうとのことだ。それこそ殺人鬼じゃないが、出血多量で死んでいたかもしれないような、乱暴な――言い換えれば、雑な処理。

乱雑な処理。

拷問であっても、もっと丁寧にするだろう。

だからこそ、恨み（逆恨《さかうら》み？）の可能性が、最初に出てきたのだろうし、また、歯科医師免許を持たない素人である僕が疑われているのだとも言える――ああ、無職の間に取っておけばよかった、歯科医師免許。

こんな後悔をすることになるなんて。

「もちろん、プロの歯科医が素人を装って、乱雑に引き抜いたという可能性もあるでしょうけれど――ただ、現実的には難しいと思うんですよね。わざと下手に処置するっていうのは。筆跡を変えるようなものですから」

文字通りの手術だが、頭ではなく手が覚えているタイプの作業は、意図的にルーティンやマニュアルから逸脱しようとしても、うまくいかない——一度や二度ならともかく、続けていれば、いつか、身につけた技術が露呈《ろてい》する。

二十八本から三十二本もの歯を、すべて下手に抜歯するなんて、歯科医には、歯科医だからこそ、不可能ではないのか——少なくとも何本かは、手癖《てくせ》の手技で、上手に処置してしまうのでは。

「ふむ。となると、消去法的に、犯人は歯科医ではないと言えるわけですね」

お前はまだ消去されていないぞと言わんばかりに、今日子さんは頬を押さえていないほうの手の人差し指と中指で自分の両目を指さしてから、そのピースサインをアクリル板越しに僕のほうに向けた——ぜんぜんピースじゃないハンドジェスチャだ。

「ついでに言うと、拷問師も容疑者候補から外れることになるわけです。隠館さん、拷問の経験は？」

ここでありますと答えたら、僕も容疑者リストから外れられるのだろうか——いや、別の罪状に問われてしまう。

留置場から出られない。

「消去法ついでに、推理小説的なフォーマットに則《のっと》って考えるなら、ですけれど——被害者の歯を抜く、あるいは傷つける理由としては、身元を隠蔽するためというのが思い浮かびます」

むしろ不可解な、言ってしまえば不合理な恨みよりも、そちらのほうがよっぽど論理的で腑《ふ》に落ちるのだろう、今日子さんはやや穏《おだ》やかな論調でそう言った。

が、すぐに、

「でも、被害者の身元は特定されているのですよね」

と、仮説を撤回した――まあそれも、消去法の一環だろう。どんなアイディアも検討し、そして消去する。

「ええ。普通の――かどうかはともかく、会社員であると。名前や住所、家族構成などもはっきりしています」

断っておくが、まったく知らない人だ。

教えられてもぜんぜんピンと来なかった。

「ほほう。被害者と面識はないと言い張りますか」

「面識はないって言いかたをされると、無関係の人間を狙ったみたいに聞こえますね。それに、言い張りますかって」

「失礼。京都弁です」

お茶漬けを出して帰ってもらおうか。

アクリル板越しに。

実際、身元不明の遺体が発見された際、歯の治療跡から個人（故人）を特定するというのは、一般的にもよく知られた技法だ――裏を返せば、犯人が被害者の身元を隠したければ、その治療跡に、何らかの措置を施さねばならない。

最近では治療済みの歯だからと言って、わかりやすく銀歯や金歯になっているとは限らず、むしろ無傷の歯と区別のつかないセラミックのインプラントだってある――『素人』には判断がつかなかったので、いっそのこと手っ取り早く全部抜いた、ということは考えられなくもない。

一本一本削って形を変えるなどするより、心理的には不気味な行為であろうと、まとめて抜歯することを選んだ――なくはない。

ただし、それは他の隠蔽工作を、きちんとおこなっていた場合の話だ。

「いくら歯を抜けば人相が変わるとはいっても、顔を傷つけられたり、指紋を削られたりはしていませんでした――身につけていた財布の中に免許証もクレジットカードもあったということです」

「財布があったということは、お金目当ての犯行でもないということでしょうかね」

ついでとばかりに、別の可能性も消しつつ、今日子さんは頷く。

さすが、お金にはうるさい。

「そもそも歯科治療跡のレントゲン写真などで身元を特定する手法は、焼死体だったり腐乱死体だったり白骨死体だったり、はたまたミイラだったりで採用されるものですしね――そういうわけではなかったのでしょう？」

「ええ。僕が取調室で教えてもらった情報が確かならば」

引っかけかもしれないが。

僕を本気で疑っているのだとすれば——いえ僕は確かに死体を焼いたはずですと言うのを、取調官は今か今かと待っている？

「ついでに言えば、虹彩も無事です。無事でないのは歯だけで」

「虹彩？」

「ええと、虹彩認証という技術が——」

「それは記憶にありますが、一般的ではないでしょう？」

「そうでもないです。スマホのロックを解除する生体認証で採用されている機種もありますので」

「なるほど。時代は進みますね——歯でロックを解除する機種はありますか？」

さすがにあるはずがない。

虫歯になるたびに登録を改めなければならないし。

「歯以外が無事だというのであれば、そもそも被害者の死因はなんだったんです？」

「絞殺だそうです。ロープを使って」

「ほほう。よくご存知で」

それこそ引っかけに引っかかったみたいな言いかたをするのはやめてほしい――こんなのは秘密の暴露でもなんでもない。

朝刊に載っていたくらいの情報だ。

留置場へぶち込まれる前に読んだ。

「そして殺害したのちに、抜歯した――死体損壊の方法に比べて、こう言ってはなんですが、普通の殺しかたですね」

殺しかたに普通はあるのだろうか。

そう突っ込もうかと思ったが、名探偵の揚げ足を取っても始まらない。そして言っていることは（名探偵らしく）真実だ――それを醜悪だと思う僕の個人的な感想はさておくとしても、死体損壊にはそれほど手間暇をかけているにもかかわらず、殺人に関しては、その方法は平凡極まりないと言わざるをえない。

なんの個性も感じない。

シンプルでわかりやすく、特記事項がない――だからというわけではないだろうが、事情聴取でも、その点への追及は淡泊であり、甘かった。

穏やかとさえ感じた。

「裏を返せば、恨みを晴らすためでもなく、被害者の身元を隠すためでもないのに、犯人にはどうしても、被害者の歯をすべて抜かざるを得ない理由があった――そういうことでしょう」

　と、今日子さんはまとめる。

「その理由——あるいは動機を突き止めることができれば、取りも直さず、理由を持たない隠館さんの容疑を晴らすことができるということですね。わかりました、その依頼、この最速の探偵が、十分で解決しましょう」

「じ、十分ですか？」

「ええ。十分で十分です」

　ルビがなければわかりづらい表現とは言え、そう請け負ってくれるのは非常に心強かった——けれど、たぶんそれだけ歯医者の予約時刻が迫っているのだろうことは、探偵ならざる身でも推測可能だった。

4

　そもそも面会時間にもリミットがあるので、どういう理由であれ今日子さんが普段よりもギアを上げてくれるというのは、ありがたさしか感じない。せいぜい常連客として、歯科治療代となるギャランティーを支払わせていただこう。今日子さんにはいい治療を受けてほしいし。

　あまり早期に釈放されてしまうと、慰謝料や賠償金はあまり生じないのだが——いや、これでは慰謝料や賠償金を目当てに冤罪をこうむっているみたいだ。うっかりこういうことを言うから、冤罪くん呼ばわりを受けるのである。

恥の上塗りならぬ冤罪の上塗りだ。

「便宜上犯人は『すべての歯を抜く必要に迫られた』と言いますが、しかし『ほとんどの歯』のケースでも、同じようにするかもしれないと、最初に注釈しておきましょうか——一本や二本だけ、抜かない歯を残してしまっては、犯人としても気持ちの悪いものがあるでしょうし」

死体の歯を抜歯する時点で気持ち悪いのだが、まあそれは僕の個人的感想の範疇《はんちゅう》かもしれない。単純に、そこまでやるなら半端にせずやりきりたいという理由ではなく、『抜いた歯』と『抜かない歯』の違いを求められてはまずいという感覚も生じよう。

ん。

ということは、実際に違いがあるということか？

特定の歯を抜きたいと思う理由——極端な話、犯人が抜きたかった歯はたったの一本だけかもしれない。にもかかわらず、カムフラージュとして、すべての歯を抜いた——木を隠すなら森の中、の逆だ。

一本の木を伐採した事実を隠すために、森を焼くような隠蔽工作——この死体損壊は残虐性に基づくものだとばかり思っていたけれど、そう言われてみると、それなりに合理的な面もある。

　残虐な合理性だが……。

「では、今日子さん。そうまでしてほしかった一部、ないし一本の歯には、どんな秘密があったというんでしょう」

「まあぱっと思いつくのは、先程隠館さんも仰っていた、金歯銀歯でしょうね。最近はあまり見なくなったという治療です」

「金歯銀歯――」

　なんだか金波銀波《きんぱぎんぱ》みたいな発音で言われたが、それはまったく関係ないとして――なるほど、歯自体に価値があるという考えかたか。一般に金歯銀歯と言われると、本当に治療、治療法という風にしか捉えられないけれど、金と銀である――値打ちものであることは間違いない。

「ただ、ごく少量という気もしますが。そんなものを欲して人を殺すというのは、あまりに――ええと」

　コストパフォーマンスが悪い、というような意味のことを言おうとしたのだけれど、残念ながらコストパフォーマンスが悪い以外の言いかたが思いつかなかったので、口ごもってしまった。

　死体損壊の犯人をあれだけ責め立てるようなことを言っておいて、自分は殺人をコスパで考えるというのは、あまり褒められたものではないと思ったからだが。

「行きがけの駄賃ということもあるでしょう。殺人の動機は殺人の動機で別にあって、それはもう仕方がないから、ついでに歯をもらった——本数によってはごく少量とも限りません し」

十本二十本と、すべてが金歯銀歯であれば、それなりの価格になる、のか？　この仮説がなんとなくの説得力を持つのは、死体から金歯銀歯を抜いて換金するという行為は、世界中で、歴史的におこなわれてきたことだからかもしれない——死体損壊というよりも、いわゆる死体漁《あさ》りというほうに近いが。

「ふむ。羅生門《らしょうもん》ですね。羅生門は髪ですが」

今日子さんは頬を押さえていた手を一瞬離して、己の総白髪を撫でるようにする——絵になる仕草だったが、すぐにその手を頬に戻した。

羅生門。そう言えばそういう話だった。

当時は何も考えずに読んでしまったと言うか——特に老婆の行為を死体損壊とは思わずに読んでいたが——なんなら、下人《げにん》の感情に共感することもなかった——、それは、生きるためには仕方のない行為だと読んだからかもしれない。

もしもこの事件の犯人も、食うに困って被害者の歯を抜いたというのであれば、僕は嫌悪感を覚えることなく、納得できるのだろうか？

うーん。

なんだか釈然としない。

「しないでしょう、それは。だって、財布を盗んでいないんですから」

「ああ」

「財布の中に現金がどれほど入っていたかにもよりますが――金歯銀歯を換金する手間や、足のつきやすさを考えるなら、たとえ行きがけの駄賃にしても、とても合理的とは言えませんね」

そりゃあそうだ。

非合理だ。

たとえ総金歯だったとしても――もしも被害者がそんな治療を受けていれば、捜査機関としても、歯が全部なくなっていることに疑問を覚えないだろうけれど――、すべての歯を抜歯するほどに金銭欲に支配された犯人が、肝心の財布は置いていくというのは、まずありえまい。

勝手なイメージで申し訳ないけれど、総金歯にするような被害者の財布が、からっけつということはないとも思う――最近では電子マネーが普及して、そうでもないのかもしれないが。

それに『普通の会社員』である。

漫画に出てくる成金《なりきん》でもあるまいし、総金歯というのはそもそも現実的ではない。

「ええ。そこまでの措置だと保険適用外っぽいですしね」

保険証を持っていなさそうな今日子さんはそう言った――お金にうるさい、失礼、お金に敏感な今日子さんにとって、親知らず抜歯の全額負担というのは、本当に負担に感じることなのか。

「ただし、『普通の会社員』という身分素性が、仕組まれた偽装という可能性はあるでしょう」

「偽装？　実は度を超したお金持ちだとか？」

宝くじを当てた人が、周囲にはそれを漏らさないみたいなことか？　実際には羽振りがよくなったりして、なかなか隠し切れたものではないらしいが――

「いえ、実はスパイだとかの可能性です」

今日子さんは言った。

絵空事めいたことを。

「あるじゃないですか。スパイが己の歯の中に、マイクロフィルムを仕込んでいるっていう映画」

ある――が。

なんだか昔の映画という気がする。

古き良き時代のスパイ映画の、スパイのイメージという気が――なぜだ？　ああそうか、マイクロフィルムというメディアが、もうおよそ懐古的だからか。

しかし懐古的だからと言って、ありえないということにはならない――むしろ盲点になるだろう。そう、ゲーム開発でいうところの、枯れた技術の水平思考だ――これはミステリーにおけるトリック開発にも言えることだろう。

今日子さんの記憶は一日ごとにリセットされるので、そういう意味では、古き良きスパイ映画とは言っても、僕の感覚ほど昔の知恵ではないのかもしれない――絵空事めいたこととは言ったものの、真面目に検討する意味のある仮説だ。

被害者が実はスパイや、それに類するエージェントで、その歯には国家機密が隠されていた――だとすると、金目当てでも恨みでもない、謎めいた動機が、ほのかに見えてこようというものだ。

「そうなれば僕なんかを取り調べている場合じゃありませんね。国家存亡の危機かもしれません。すぐに僕を釈放して、対策を練らないと」

「別に隠館さんを勾留《こうりゅう》したままでも対策は練られると思いますけれど。その場合は交流と言い換えましょう」

言い換えられたところで。

取調室で交流したくはない。

「まあないでしょうね」

またしても自分で言っておきながら、今日子さんは被害者スパイ説をそう一蹴《いっしゅう》した――一蹴されると、その推理に乗ってみた僕が馬鹿《ばか》みたいだ。

「げ、現実的ではないということですか？」

「現実的かどうかは定かではありませんが、被害者の歯が乱暴に引き抜かれているという点が気にかかります。もしも生前にそんな抜歯をしていたら出血多量で死ぬんじゃないかというような、殺人的な雑さ――隠されたマイクロフィルムを入手するための手つきとは思いにくいです」

「なるほど……」

マイクロフィルムにせよ、あるいは現代的に、なんらかのチップや外部ストレージにせよ、小さくなれば小さくなるほど、それはデリケートになるだろうことは想像に難くない――むろん日常的にかみ合わされる歯に仕込むとなれば、それ相応の防御力も備わっているだろうが、だからと言って、ペンチで挟んで強引に引き抜くという方法を取るかと言えば、また別の話だ。

被害者が生きていようと死んでいようと、専門の歯科医の、丁寧な専門技術に頼るんじゃないだろうか？　スパイの抱える国家機密を求めるとなれば、犯人にもそれくらいの伝手《つて》はありそうなものだし――

「歯に仕込まれていたのがマイクロフィルムではなく、自決用の毒や、小型爆弾だったケースでも、同じことが言えるでしょう」

言える。

だって、抜歯の際に施術者が毒を浴びてしまったり、ともすれば爆発の巻き添えを食ってしまいかねないのだから――自決用の毒や小型爆弾を、歯ごと抜かねばならない理由もないだろうし。

「いえ、理由がないわけではありませんよ。そんなものが歯に仕込まれていることが検視で明らかになれば、被害者がスパイだと露見しかねませんからね――被害者がスパイの場合はですが」

「ははあ……、服のタグを切るようなものですか」

それこそ、ファッショナブルな今日子さんが、ご自身の衣服にそういう措置をしていると聞いたことがある――買った服のブランドから、個人情報を特定されることを警戒しての行為だとか。

その場合、身分証の入った財布などを置いていったのはわざとと言うことになるのだろう――つまり、偽の身分証を。もしかすると、内偵をしくじったスパイが、身内に始末されたという展開も想定できる――『敵』に殺されたスパイの歯を、秘密を守るために身内が抜歯したということも？

確かに、殺害犯と死体損壊犯が同一とは限らない。

死体はひとつでも、事件はふたつかも。

「でも、現実に乱暴に引き抜かれている以上は、毒でも爆弾でもないと考えるべきなんですね？」

「たとえどれだけ丁寧におこなおうと、歯を抜く行為自体が乱暴であると言われれば、その通りなのですが。いてて」

と、今日子さん。

これから抜歯される人が言うと重みがある言葉だ。

「しかしながら、毒や爆弾なら、首を絞められて殺される際に、使いそうな気もしますしね。特に爆弾だったなら、相手を道連れにできるわけですし」

ふむ。

死なばもろともか。

まあ、被害者という言葉は、なんとなく、されるがまま、殺されるがままというイメージを伴うが、当然ながら殺されるとなれば抵抗もするだろうし、抵抗できなかったとしても、心まで屈するわけではない——最後に一矢報《むく》いようとするのは自然だ。

そうしなかったということは——密着して首を絞めてくる犯人を道連れに自爆することなく、不本意に殺人犯に殺されることをよしとせず、自ら服毒することもなかったということは、抜かれた歯のどれにも、そういう仕掛けはなかったと見てよいのだろう。

だけど、歯に金銭的価値も、仕掛けもないのであれば、どうして抜歯する？

「金銭的ではない価値があったのかもしれませんね。たとえば芸術的なまでに美しい歯だったとか」

「芸術的なまでに美しい歯？」

口に出してみると馬鹿馬鹿しい、歯並びならぬ言葉の並びだったが、しかし一考の、それこそ価値がないわけでもなさそうだ。いや、考えたくもない仮説とも言えるけれど——死体損壊には様々なケースがあるけれど、中でも冒瀆的なひとつである。

肉体の一部を持ち去り、コレクションにするというのは——

「元歯科医でペンチを使わなくても、殺人鬼って感じですが」

それも猟奇殺人鬼である。

どんな冤罪も基本的には嫌なものであることはあくまでも大前提だが（ああは言ったものの、やはり革命児の身代わりだって務めたくはない）、そんな猟奇殺人鬼の罪をかぶるのは中でも御免だ。

「わかりますよ、そのお気持ち。ただ、歯をコレクションするというお気持ちも、わからなくはありません」

「わ、わからなくはありませんか？」

まったくわからないと思うが？

これから抜歯されるのに、よくそんなことが言えますねと思ったが、しかしそういう意味ではないらしい――実地的な話のようだ。

「死体を損壊し、肉体の一部をコレクションする中では、歯は比較的管理しやすそうですから。なんと言っても腐りませんからね」

「ああ――でも、それを言ったら、髪や爪《つめ》も、腐らないんじゃありませんか？」

「髪はコレクションにするには、扱いにくい気もしますね。長くて細くて軽いので。紛失の危険も大です。束《たば》ねてコレクションにするにしても、個人差がわかりにくいです。いちいちDNA鑑定するわけにもいかないでしょうから」

ふうむ。

今日子さんの総白髪は、もちろん特徴的ではあるけれども、年配のかたにも目を向ければ、白髪の人物自体は珍しくはないからな――爪は更に言うまでもなく、か。

翻《ひるがえ》って歯ならば、個人差が大きい。

一本一本を取り上げれば、それだけで誰のものだと判断することは難しかろうが、すべての歯をずらりと揃《そろ》えれば、わざわざレントゲン写真を用意せずとも、誰の歯なのか、素人にだってわかるということか――言うなら、初心者向けのコレクション。

鑑定を要さない。

腐らないというだけなら、骨をコレクションというのも考えられるけれど、殺した相手から骨だけをピックアップするというのは、抜歯より相当難易度が高い――おぞましい話だが、肉をこそぎ落とすというような工程が必須《ひっす》だ。

　想像するだけで鳥肌が立つ。

「では、犯人は猟奇殺人犯――同じように、被害者がすべての歯を抜かれるような事件を、あちこちで起こしていると読みますか？」

「いえ、そんな無差別犯であるなら既に名を馳《は》せているでしょうし、警察にマークされていなければおかしいでしょう。これが第一の事件であり、今頃どこかで第二第三の事件を起こしているという可能性もありますが――」

　それはいけない。いただけない。

『真犯人が野放しになる』という、冤罪の問題点を地でいっているじゃないか――僕がこうして捕らえられている間に、第二第三の事件が起こるというのは。

　推理小説においては、それをもって僕の無罪が証明されたりもするけれど――第二の事件が起きたとき、他でもない警察署内にいてアリバイがあるのだから、必然的に第一の事件の犯人でもないという三段論法である――、あまりすっきりする罪の晴れかたではない。

　やはりここは名探偵に、雷光閃く推理を披露してほしい。

　銀歯で銀紙を噛んだときのような。

「それに、無差別犯でもなければ連続犯でもない可能性もしっかりあります。今回の被害者にのみ強く執着して、すべての歯を持ち去ったという、限定的なコレクターだったのかもしれません」

「その執着心は、コレクターと言うよりストーカーっぽいですが……」

その場合、持ち去られるのは歯だけで済むだろうか？　という疑問点も生じる――極論、死体ごと持ち帰って保存しそうにも思える。ホルマリン漬け――否、ミイラ化させて保存するかもしれない。

死体損壊という言葉がそぐわなくなるほどに。

「ただ、何らかの防腐処理を、完璧に施したところで、保存はできても保管は難しそうに思えますねえ。言うなら等身大フィギュアですから」

おぞましさとホビー感を入り混ぜて、今日子さんは言う――まあ、引っ越しの際は大変そうだ。捨てかたがわからないものを買ってはならないというのは、整理整頓《せいとん》の基本だそうだが――

「そこへ行くと、歯はポケットにも入れられますから。すべての歯を小銭みたいにじゃらじゃらさせていたらさすがに職務質問の言い訳はできないでしょうけれど、日ごとに違う歯を持ち歩くコーディネートと考えれば」

小銭をじゃらじゃらというのも、電子マネー時代においてはいささか昔の価値観という気がするけれど、いにしえの文化はともかく、まあ、あくまでコレクションとして考えるなら、場所の取らなさというのは魅力ではある——ただ、そこまでのストーカーとなると、無差別犯の殺人鬼よりもよっぽど、その存在が浮かび上がっていないとおかしいという風にも思える。

被害者の周辺で、何らかの形で話題になっていなければ不思議なくらいの危険人物だろう——どんなトリックを用いた完全犯罪も、人間関係からバレるというのは、よくある話だ。証拠がなくとも、関係的、立場的に疑わしいという考えかたは、冤罪の温床であるとは言え——

「死体が発見されたら真っ先に疑われるから殺せない——というのもジレンマですね。あるいはジレンマが、抜歯という蛮行に及ぶ理由だったのかもしれません」

「？　どういう意味ですか？」

「いえ、コレクターないしストーカー説とは、また別の仮説ですが、たとえば犯人が空手家だったとするじゃないですか」

するじゃないですか、と言われても。

またえらく話が飛んだな。飛び蹴りのように。

「空手家だったらどうなるんです？」

「すると、直接的な死因は絞殺だったとしても、その過程で、犯人が被害者をぶん殴ったとするじゃないですか——死なないまでも、それで歯が折れたりするじゃないですか」

するじゃないですか、が多いな。

仮説に仮説を重ねている――あるいは歯のブリッジのような、論理の飛躍だ。

そもそも、空手家に顔面を殴られて歯が折れる程度で済めば、運のいいほうだと思う――その後殺されてしまうのでは、結局同じか。

「同じではありませんよ、犯人にしてみれば。だって、その折れた歯を――砕《くだ》けた歯かもしれませんが、それを見たら、犯人がものすごい正拳《せいけん》突きの使い手だとわかってしまうんですから」

「ああ……、だから？」

証拠隠滅としての抜歯？

なるほど、空手家の正拳突きというのは、あまりにわかりやす過ぎる極端な例だが、犯行の最中になんらかの形で被害者の歯を傷つけてしまい、それが犯人の特定に繋がるから、歯科医ならずとも、そして不本意であろうとも、抜歯行為に及ばねばならなかった――という可能性。

必要に迫られての抜歯。

むしろ乗り気ではない抜歯。

出し抜けに空手家と言い出したときには突拍子《とっぴょうし》もない仮説に思えたが、しかしこれは今までで一番、説得力があるくらいだった――僕的には、ということになるが。死体損壊という忌《い》むべき犯罪、嫌悪感を覚えずにはいられない犯罪ゆえに、欲望や個人の趣味——悪趣味でおこなわれたと考えるより、まだしも納得しやすいからだろう。

仕方なく、つまりは嫌々、抜歯したんだと聞けば、少しは受け入れやすい——被害者にしてみれば違いはないだろうが。死ぬ前に空手家に殴られたのだとすれば、むしろそっちのほうが嫌かもしれない。

「……でも、空手家はないですよね。歯が折れるかどうかはともかく、生前に空手家に殴られたら、頬が腫《は》れ上《あ》がるでしょうから」

ずっと頬を撫でている今日子さんを見ているとそう気付いたので、僕は言った——いや、空手家だとは最初から思っていないが。

「確かに。空手家なら被害者の頬肉を切り取ることになるでしょう」

「猟奇殺人鬼に歯止めがかかりませんね——だからと言って、顔面をまったく傷つけずに、歯だけを折ったり砕いたりする方法が思いつきません」

まるで手品である。

それこそ歯科治療を受けるときのように、大きく口を開けるなり、被害者側の協力が必須なように感じる——歯科治療以外で、どういう理由があればそういうシチュエーションになるというのだ？

「…………」

食事、とか？

あーんして食べさせる、なんて、微笑《ほほえ》ましい関係性が犯人と被害者の間にあったとは考えにくいが——ただ、犯人が空手家ではなく、料理人と考えるのはいかがだろう。匂《にお》いなり色なり、口腔内に痕跡《こんせき》を残すような、極めて特徴的なメニューを提供した直後に殺害してしまったために、期せずして、歯を抜かなくてはならなくなった……。

「私が思いつきたかったくらい面白い推理ですが、まあ、だったら抜歯まで及ばずとも、歯を磨いて差し上げればよいということになりますね」

その通りだ。

ペンチを入手できたのに、歯ブラシを入手できなかったということはあるまい。

「ただ、あーんするような恋人同士だったというほほえましい部分を採用して、たとえば秘密の恋人同士の愛の誓いとして、歯にお互いのイニシャルを刻んでいたというのはどうでしょう？」

どうでしょう、と訊かれても。

だとすれば、その歯を持ち去るというのはありうるのだろうか——証拠隠滅と言うより、犯人の身分隠匿として。

指輪やペンダントを持ち去るように。

うーん、説得力が一枚落ちると言うか、愛の誓いを歯に刻むというのは、痛そうとしか思えないな……、どんな秘すべき愛だったとしても。場合によっては抜歯よりも痛いのではないだろうか。

そこまでの愛を誓った相手を殺すというのも、なんだかしっくりこない。

「あらら。純粋ですね、隠館さんは――いてて」

純粋なのが痛いみたいに言われたが、まあ、褒められたと思っておこう――確かに、犯人側にシンプルな欲望ではない、切実な事情があったという考えかた自体は、ありだと思うのだが。

「そうですね。単なる猟奇趣味でそこまではしないという気がします――証拠隠滅、身分隠匿……、服のタグを切るように……」

今日子さんは反対側の手も、親知らずじゃないほうの頬に当てて、テーブルに肘《ひじ》をつき、長考に入ってしまった――普通の探偵ならば、そうして思索を深めてくれるのは望むところだが、今日子さんの場合は、長考はよくない兆候だ。

五月雨《さみだれ》式にあれこれ当てずっぽうの推理を畳みかけているときが、彼女は一番調子がいいのだから――やはり歯痛の中で推理をおこなっては、本調子にはなれないか。

「今日子さん、お時間、大丈夫ですか?」

「時間?」

その言葉に敏感に反応した今日子さんだったが、いや、何も十分で十分だというあの言葉の揚げ足を、したり顔で取ろうというわけではない――ここで僕が気にしたのは、歯医者の時間だ。

予約の時間が迫っているというのならば、そっちを優先してもらうのも吝《やぶさ》かではないのだけれど――今のところ、取り調べもそこまできつくはないし。

留置場で夜を明かすのはいつものことだし。

「ほら、親知らずの予約が――」

言いながら僕は、右腕の袖をまくったが、おっと、危ない。これは迂闊《うかつ》な行為だった――今日子さんがその素肌を備忘録にしていることは、それこそ職務上の秘密なのだった。

左腕に『私は掟上今日子。探偵。一日で記憶がリセットされる』と、直筆で書かれているのは、決してトレードマークではなく、いざというときのための、文字通りの備えであり、僕が知っているのは、常連ゆえの偶然みたいなものである――誤解を招くような形で、そんな秘密を知っていることを知られては、助けてもらえなくなるかもしれない。

気遣《きづか》いのつもりで余計なことを言うところだった――第一、右腕に歯医者の予約時刻が書いてあるだろうというのも、僕の勝手な推測なのだから。

これだから僕は冤罪くんなのである。

「今なんと仰いました？」

と。

そこで今日子さんは、本日初めて、頬を撫でる手を止めた——瞬間、歯の痛みを忘れたように。

「もとい——何をされました？」

「あ、ええと」

いかん、右腕の袖をまくる行為だけで、僕が忘却探偵の備忘録を知っていることが露見したのか？　腕まくりをしただけで？

だとしたら探偵過ぎるだろう。

歯が痛いから調子が悪そうだなんて思ったのはとんだ勘違いだった——惜しむらくはその推理力が、事件とは関係のないところで発揮されたという点だが。

しかし、それも僕の勘違いだった。

今日子さんが僕の腕まくりに目ざとく反応したのは確かだったが、それで到達したのは、あくまでも死体損壊の真相だったのだ——え？　僕の腕まくりから？

「はい。私にはこの事件の真相が、最初からわかっていてててて」

……お決まりの台詞は、決まらなかったが。

5

真相に至ってしまえば、意外とそれまで、その周囲周辺をうろうろ徘徊《はいかい》していたというのはよくある話だが、今回は特にその感が強かった——死体損壊に関する嫌悪感が目を曇らせていたとしか言いようがないけれど、『身元を隠すため』という、比較的最初の頃に出ていた推理が、ほとんど及第点のようなものだった。

歯がゆい話である。

ただし、被害者の身元ではなく、加害者の身元を隠すためだった——というのもまた、網羅推理の最後のほうに出ていたものだが、これもほとんど真相みたいなものだった。

が、一番真相に漸近《ぜんきん》したのは、一見絵空事と思えた、歯に爆弾が仕込まれているという、被害者スパイ説の際に僕が思った、被害者だってなすがまま、されるがままではなく、最後に一矢報いようとするのは自然だ——と発想したときだった。

それが一矢ではなく。

一歯だったとしたら——否、二十八歯から三十二歯だったとしたら。

要するに、ロープで首を絞められ、殺されようとするときに、強い抵抗を示して——犯人の手なり腕なりに、噛みついたとしたら、だ。

その腕には、くっきりと歯形が残るだろう。

あるいは歯科医に残るレントゲン写真よりも、よっぽどくっきりと——照合すれば、証拠となること間違いなしの犯行の証が、判子《はんこ》のように残るだろう。

だから隠滅しなければならなかった。

己の腕を傷つけた『凶器』である、被害者の歯を隠滅しなければ——当てずっぽうで言っているわけではない。

ことのほか、被害者の歯が乱雑に抜かれている点を、僕とてそれなりに重視していたつもりだけれど——結局のところ、『犯人は歯科医ではない』程度にしか捉えられていなかったけれど、

「利き腕を負傷していいたからか、抜こうにもうまく抜けなかったというのはあるかもしれませんね——利き腕でなく、被害者の顎を支える逆の腕を噛まれていても、さぞかし難しい作業になるでしょう」

片手で抜歯するようなものなのですから。

と、今日子さんはしみじみ言った。

そして念入りに、もう一度僕に右腕の袖もまくらせてから、

「逆説的に、腕を怪我していない隠館さんは、容疑者リストから外れるということになります」

そう続けた——確かに、僕の両腕には備忘録もなければ、歯形も傷跡もない。健康だけが取り柄だ——まさかそれが、僕の身の潔白を証明しようとは。

「ああ、じゃあ更に逆に言うと、どちらかの腕に、もしくは両腕に、歯形がある人物こそが犯人ということになるんですね？　もちろん、手袋や長袖で隠してはいるでしょうが……、

そういう風に手間をかけてまで『証拠』を隠滅しようとしたということは、おそらく被害者の周辺にそういった人物がいるでしょうから、ここから先は腕をまくらせるだけで簡単に解決——」

「さあ、それはわかりませんよ。隠館さんが稼いでくれた時間が、たっぷりありましたからね」

帰り支度をしながら——つまり、渋々《しぶしぶ》歯医者に向かう準備を整えながら——最速の探偵なのに、心なし、もたもたと準備を整えながら、今日子さんは言う。今回、犯人を突き止めるところまでは彼女の仕事ではないので、いっそ気楽に、無責任に。

「手袋や長袖で隠すだけではあきたらず——ご自身の手腕も、とっくに証拠隠滅してらっしゃるかも」

「…………」

無責任なだけあって、死体損壊さながらにおぞましい推理ではあったけれど、しかし、この事件の犯人ならば、それくらいの決断はするのかもしれなかった。

被害者と違い、食いしばる歯があるのだから。

『掟上今日子の親知らず』——忘却

第三証　掟上今日子の船酔い

1

「た——探偵を呼ばせてください！」

と、このように叫ぶ僕（隠館厄介）の心境が、状況や罪状によって一様ではないことは既に述べた通りだけれど、もちろん、このキラーワードを叫ばれるほうもまた、様々であり、一様ではない。まるでどんな相手にも通じる魔法の呪文《じゅもん》のように僕は唱えているけれど、これは単に、僕の引き出しが少ないだけなのである。

とは言えパターンはある。

一様でないからこそ、カテゴライズは可能なのだ。

一番多く叫ぶ相手は（大方の予想通り）、警察官だ——僕を逮捕したり、僕を任意同行したり、僕を職務質問したり、僕を取り調べたり、全員に質問していることを僕に訊いたりするのは、基本的には警察の人間なのだから当たり前である。僕の呪文を一番聞くことになる方々だし、ある意味では、僕の呪文を、ちゃんと聞いてくれる方々でもある——黙秘権と、裁判で自分に不利な証言をしない権利と、弁護士を呼ぶ権利、そして探偵を呼ぶ権利は、万人に認められているのだから。

である以上、次に挙げられるのは、検察の方々という風に思われるかもしれないけれど、これが意外とそうでもない——警察に逮捕されたり、逮捕まではされずとも、書類送検されそうになる時点では、よほど切迫した事情がない限り、あるいは特殊な環境下に置かれない限り、僕は探偵を呼び、言うならば僕がまとった冤罪を晴らしてもらうのが通例なので、僕――隠館厄介が検察官にお会いする機会というのは、実は滅多《めった》にないのだった。

そこまで事態が進行する前にケリをつける。

つけたい。

だから僕は、送検されて以降の手続きというものをあまり体験していないし、数少ない体験が、一般的なものなのかどうかも判断がつかないところがある――まあ、とは言え、警察同様に公的な捜査機関ではあるので、僕がする対応、僕が唱える魔法の呪文のニュアンスに、大きな差があるわけではない。

そうなってくると、更にその先――裁判官から冤罪をかけられるケースに関しても、ほぼほぼ大同小異だ。ただし、そこまで行くと冤罪を越えて誤判なので、僕の置かれている状態の厳しさは最大級まで上昇している。もしもキラーフレーズに上位呪文があるなら、それを唱えたいくらいに――だが、そんなものはないので、ただただ震えながら、僕は証言台で、宣誓下で探偵を呼ぶだけだ。

証言台よりも更に背筋が凍《こお》るパターンと言えば、軍隊に確保された場合である――広い意味ではそれも逮捕なのだろうけれど、捕虜になったときの緊迫感は、最大級を越えて、ひと味もふた味も違うものがある。日本においては、これは自衛隊に確保されたときということになるのだけれど、僕くらいになると当たり前のように、海外の、それも最前線の軍隊に捕らえられた経験もある――言葉が通じないかもしれない相手に魔法の呪文を唱えるというのは、度胸が試されているようだった。

まあそれでも、軍隊には軍隊の規律があり、少なくとも文面の上では捕虜虐待が禁じられている以上、交渉次第で、きちんと探偵を呼ぶことはできなくはない――組織があれば、ルールが生まれる。

ルールを守れば窮地を脱するすべはある。

その意味でもっとも困難な相手――つまり、この僕をして、もっとも探偵を呼びにくいシチュエーションは、矛盾したことを言うようだけれど、僕を逮捕したのが、そのもの探偵だった場合である。

現行犯なら公的機関の人間でなくとも逮捕はできる理屈だし、また『雪の山荘』や『絶海の孤島』などのクローズドサークルにおいては、往々にして『名探偵』は、『小さな警察署』になるものだ――最有力の容疑者を、窓のない小部屋に閉じ込めたりする提案を、平気でしたりする。

最悪の場合、それで新たなる密室殺人事件を招いたりするのだから、冤罪をこうむる側からすれば、探偵にも当たり外れがあるということになる。

悲しいことに、冤罪被害者にとって頼みの綱とするべき名探偵が、冤罪をかぶせてくることは、決してレアケースではないのだ——だからと言って、そこで名探偵に絶望してはならない。

むしろ目には目、歯には歯であるように、探偵には探偵を呼ばなければならないのだ——もちろん、『いやいや私がいるのに、他に探偵を呼ぶ必要などないでしょう』と言われてしまうけれど、そんな縄張り意識に屈してはならない。探偵のプライドを守るために、冤罪をかぶるわけにはいかないのである——名探偵が相手だろうと、素人探偵が相手だろうと、なんとしても探偵は呼ぶ。

ある意味では、探偵のプライドを守るために。

探偵を——探偵小説を愛する者として、探偵に冤罪は生ませない。

それが最悪のケースだとすると、今回、僕が置かれているシチュエーションは、そうだな、まあまあ中庸と言うか、いつもとは勝手が違うけれど、これくらいならやりようによってはなんとかなるかというくらいのものだった。

同じ台詞を同じように叫ぶばかりに見える僕にも、やはり状況に応じた創意工夫は必要ということだろう——今回、僕を逮捕したのは、海底探査船の船長だった。

あまり知られていない雑学ではあるけれど、世界の海をゆく船舶における逮捕権は、その船の船長にあるのだ——もちろん、それ自体は法に基づいたルールなので異論があるわけではないのだが、問題は、船長に逮捕権が生じる状況が、世界の海だということだ。

絶海の孤島ならぬ、絶海の孤船《こぶね》。

飛行機ならば遠からず、数時間後にはどこかの空港に着陸するだろうが、あたり一面紺碧《こんぺき》の海という状況で、いったい僕は、どうやって探偵を呼べばよいのだ？　古くは板子一枚下は地獄と言っても、まさか甲板から張り出した薄い板の上を、目隠しで歩まされたりはするまいが――

2

「初めまして。探偵の掟上今日子です」

それもまた、いつものキー台詞ではあったけれど、文章で表記すればいつも通りというだけであって、実際にはもっとビブラートがかかっていた――ビブラートを通り越して、もはやドップラー効果がかかっていたと言ってもいい。

シチュエーションがシチュエーションだけに、船になぞらえて言えば、まるで出航前の汽笛のように響いていた――ただし、今日子さんは高速艇に乗って、僕が囚《とら》われる探査船に、箱乗りで横付けしたわけではない。

彼女はヘリで登場した。

それこそ軍隊で使用されているような高速ヘリから、鉄梯子《ばしご》を下ろして、白髪とファッショナブルな衣装を――統計的にはロンタイを履いていることの多い今日子さんだが、このときはさすがにズボンだった——あらん限りにたなびかせながら、『絶海の孤船』の甲板に降り立ったのだった。

最速の探偵。

らしいと言えばらしい登場の仕方だった——単純な速さだけで言えば、いっそ戦闘飛行機にでも乗って来たほうが早かったかもしれないけれど、戦闘飛行機でホバリングはできないだろう。

探査船は空母ではない。

いっそヘリポートでもあってくれれば、今日子さんも無意味な危険を冒さずに済んだだろうが、しかしながら、忘却探偵の常連客である僕をしてもおよそ記憶にないハッタリの利いた登場シーンに、今日子さん自身、ハイテンションになっているようだった。

「あなたが依頼人の隠館厄介さんですね。いやー、ありがとうございます。貴重な体験をさせていただきました、明日には忘れますけれど。名刺をお渡ししたいところなのですが、この強風の中では、避けておいたほうがよさそうですね」

その代わりとばかりに、握手を求めてくる今日子さん——日本式ではなく、西洋式の名探偵の振る舞いである。

僕は応じる。

船の上で握手をすると、まるで条約締結みたいだが。

まあ、度肝を抜かれはしたけれど、一方でほっともした――『探偵を呼ばせてください！』と、僕が主張した正当な権利を、どうやら船長は聞き入れてくれたらしい。

まさか船長にしたところで、名探偵がこんなダイナミックな登場をするとは思っていなかっただろうが。

「さ。どんな事件でも一日で解決しますよ。ヘリをチャーターするまでに、なんだかんだで半日ほど費やしてしまいましたので。巻いていきましょう、プロペラのように」

事件解決を巻かれても困るのだが――と、そこで僕は、ふと気になった。

アクション映画さながらのダイナミックな登場には息を呑《の》んだけれど、しかしこれは現実である――たとえば、山で遭難した際に、救命のために出動したヘリの費用は、遭難者に請求されるという、まことしやかな都市伝説を聞いたことがある。

実際には公的機関が負担したり、保険から支払われたりするのかもしれないけれど、遭難した上に高額の費用まで支払うことになるというのは、災難にもほどがあるように感じたものだ――だが正味な話、ヘリに限らず、何かがどこかで動いたら、そこには相応の費用が発生するのは当たり前のことである。

では、この場合、ヘリの費用――及びパイロットの費用――は、誰が支払うのだ？

この必要経費は……。

さっき今日子さんは『いやー、ありがとうございます』と、にこやかに僕に握手を求めてきたけれど……。

「あの、今日子さん――」

「それで？　密室殺人事件とお伺いしておりますけれど？」

最速の探偵は、既に次の話題に移っていた。

船よりも、ヘリよりも速く。

3

忘却探偵がどのように登場したか、つまり搭乗したかは先述の通りだけれど、ではこの僕、冤罪王の隠館厄介がどのように探査船に乗ることに――今となっては乗る羽目になったのかと言えば、これは普通に仕事である。

僕は働き者だ。

冤罪をこうむるたびにそのときの仕事をクビになって、呼んだ探偵に疑いを晴らしてもらったら、粛々《しゅくしゅく》と次の職に就くというのが社会人である僕のルーティンなわけで、今回の僕の就職先は、探査船だっただけのことである。

もっとも、正直、船という時点で嫌な予感はしていた。

予感を通り越して実感でさえあった。

アガサ・クリスティに遡《さかのぼ》るまでもなく、船舶は何かとミステリーの舞台になりがちだ――

ただ一方で、体感的には一年の三分の一を留置場で過ごしている僕に、仕事を選り好みする余裕はなかった。

個人的な就職氷河期だ。

常に砕氷船に乗っている。

そんな立ち位置にしては、探査船の乗務員というのは、むしろ恵まれていたくらいだろう。半年間フルで働けば、残りの半年はバカンスを取れるなんて、おいしい話も聞いた——一年の三分の一を収監されたとしても、まだ二ヵ月ほど自由に過ごせる。思えば大航海時代から、船舶というのは『逃げ場のない職場』として重宝されていたそうだが……、しかし、『逃げ場のない職場』では、ほぼ必然的に、事件が起こる。

起こらざるを得ない。

そんな伝統は、宇宙飛行士の密閉訓練にも引き継がれているわけだが……、今回発生したのは、密閉空間における密室殺人事件である。

古風に言うなら、二重密室ということになるのだろうか。

「現場はこちらのキャビンになります。船員のひとりが、ここで刺殺されていました——いわゆるコルク抜きで」

コルクスクリューとも呼ばれるあれだ。

あまり殺人事件の凶器に選定されるものではないけれど、それゆえに事件の凶悪さも引き立つと言える――少なくとも僕は、喉《のど》の動脈にコルク抜きを突き刺されて、死にたいとは思わない。

どんな死にかたもしたくはないけれど、どうしてもというなら、できるだけ楽な死にかたを選びたいものである。

奇妙な死にかたも御免こうむりたい。

疑われたほうがマシ、とは言わないが。

「ふむ……、ということは……、死因は……、出血多量による……、失血死……、もしくは……、ショック死ということに……、なるのでしょうね」

言わずもがなのことを今日子さんは言う――思いついたことを思いついたままに喋《しゃべ》るのも、忘却探偵一流の網羅推理ではあるけれど、しかし、最速の探偵にあるまじきほど、その口調はゆっくりだった。

ゆっくりで、力なかった。

「だ、大丈夫ですか？　今日子さん」

「お構いなく……、推理に支障はありません」

ここはプロ意識を見せた今日子さんだったが、依頼人としてはその言葉を、額面通りに受け取るわけにはいかなかった。額面と言うか、その顔面が蒼白《そうはく》だったからだ――なんなら彼女のトレードマークである、総白髪よりも白い。

明らかに体調に変調を来《きた》している。

「ふ、船酔いですよね――」

「違います」

否定は速いな。

ただまあ、そこで強がられてもという気はする――致し方ない、僕も慣れるまでは時間がかかった。

「特に、この辺りの海域は揺れますからね。もしも横になりたければ、どうかご無理をなさらず――」

無限の体力を持つように思える今日子さんだが、あくまでそれは、短距離走向きの体力であって、その華奢《きゃしゃ》な身体のパラメーターは、決して高くはないのだろう――灰色の脳細胞の真横にある三半規管をこうも左右に振り回され続けたら、当然のようにパフォーマンスは落ちる。

急落する。

高速ヘリで颯爽《さっそう》と登場したときには心強さを感じたものだけれど、思えばあのときから、気分は悪かったのかもしれない。

それゆえのハイテンションだったか。

ヘリの揺れと船の揺れじゃあ、また違うだろうけれど――

「ふむ……、私の健康状態にはまったく問題はありませんが……、横になるというのはいいアイディアかもしれません……、隠館さんにしては」

僕にしてははってなんだ。

『初めまして』の僕のことなんて、何も知るまいに——てっきり、どこか別の客室に移って休むのだろうと思ったが、今日子さんは、殺人事件の現場である、キャビンの床に横になった。

警察権を持つ船長の指示に基づき、死体は既に冷暗室（霊安室、ではない）に移されていて、血しぶきも（もちろん、写真を撮影した上で）綺麗《きれい》に掃除されているのだが、それでもついさっきまで死体があった場所に、持ち前のお洒落なファッションで横たわるというのは、尋常ではない。

「ふう。少し楽になりました」

元々楽でしたが、と、今日子さん。

実際、心なしだが、穏やかな顔色になっている——死体よりも死体みたいな顔をしていたのに、死体を再現することで回復するとは、根っからの名探偵という感じだ。

ベッドの上ならまだしも、床に直接寝転がったりしたら、それこそ船の揺れを、ダイレクトに感じることになりそうなものなのに……、まあ、揺れにただただ身を任せるというのも、船酔いを回避する方策のひとつなのか。

常備されている酔い止めを差し上げてもいいところなのだけれど、眠るたびに記憶がリセットされる忘却探偵は、とかく薬品とは相性が悪い。

酔い止めは単純な麻酔とは違うのだろうけれど、下手に薬効で精神を安定させてしまうと、それで寝てしまいかねない危うさがある——目が覚めたら探査船の中にいるというのも、なかなかの記憶喪失状態だろう。

となると、本人が大丈夫と言ううちは、余計な気を回してクライアントストップをかけるべきではないか……、目を回している今日子さんの健康状態も心配だけれど、僕の冤罪状態も同じくらい心配なのだ。

人権に対して理解のある船長の計らいで、こうして自由に探偵をアテンドさせてもらっているけれど、僕が筆頭の容疑者であることに変わりはないのだ。あまり手間取っていると、船の男のルールで裁かれてしまう。

「『船の男』ですか。そう言えば、船が女人禁制だった時代もあるんでしたね。まあ船に限りませんが。なんでしたっけ、海の神様が嫉妬《しっと》するから、でしたっけ？」

それは山の話だった気もする。

とは言え、閉鎖空間において、男女間トラブルを避けるためだったというのはあるかもしれない——昔の話みたいに語っているけれど、それは今でも殺人事件の有力な動機のひとつではあるのだから。

勢い『船の男』とは言ったものの、これは『スポーツマン』とか『ファイヤーマン』みたいな形式的な表現であって、現代の最新技術が結集されたこの船に、男性しか乗っていないということはないのだけれども——ただ、だからと言って、男女間トラブルで、被害者が殺されたと決めつけるのは早計だ。

いかに最速の探偵といえども。

最速が拙速であってはならない。

「ところで隠館さん。先程『現場』と仰いましたが、この『現場』、事件があった当時から、どのくらい移動しているのでしょうか？」

現場が移動するというのもおかしな表現だが、場所が船だと、考えなければならない問題だ——たとえ停泊していても、碇《いかり》を下ろしでもしない限りは、自然に波で流されることになる。

「殺人が発覚してから、エンジンは止めてはいますが、まあじっとはしていませんね」

「ふむ。部屋の清掃もなされてしまったとなれば、過去に類を見ないほど、現場保存状態は最悪ですね」

まあ過去は忘れましたが、と付け加えることを忘れない忘却探偵——現場の移動に関してはともかく、部屋の清掃に関しては、証拠がなくなってしまったかもしれないわけで、僕が船長の判断に異を唱えたことは主張しておきたい。

ただ、船長の意見もわかる。

船舶という密室で、死体や血しぶきを放置して、なんらかの感染症が広がるほうが怖いから――（船長からすれば、既に捕えているも同然の）殺人犯よりも警戒すべき、と、判断したのだろう。

個人的には賛同しかねるが、理解できない考えかたではないし、『船長の命令は絶対』である――一応異論は唱えたものの、その後は指示に従い、何を隠そう、キャビンを清掃したのは僕だった。

僕の反対などその程度だ。

船よりも流されやすい。

「ふむ。まあ、殺人犯と感染症、どちらのほうが怖いかというのは難しいところですね。被害の広がりを想定すると、そりゃあ感染症のほうが怖いですが、殺人犯は、意図を持って殺しに来ますからね」

今日子さんが、僕がなんとなく抱えていたもやもやを、わかりやすく言葉にしてくれた――さすが名探偵。

下手に抵抗せず、寝転がってまにまに揺れに身を任せるというのは、本当に船酔い対策にいいのかもしれない――車酔いの話だが、ドライバーと身体の傾きを一致させるようなものだろうか。

「しかし証拠を一掃されてしまったのは困りものです。その一点を以《もっ》てしても、隠館さんが疑われるのは、致し方ないと言わざるを得ません」

死体のように寝転がったまま、穏やかに目を閉じて、今日子さん――仰る通りではある。僕としてはあくまで命令に従っただけだが、『命令に従っただけ』なら、無罪になるわけでもない。

スタンフォード監獄実験だか、ミルグラム実験だか……、『命令に従っただけ』というのは、むしろ犯罪を構成する要件になりうるのだ。もっともこの場合、命令系統のトップである船長は捜査の権限があるので、その命令に従ったというかどで僕を裁こうというのは、いささか乱暴である。

命令違反ならぬ二律背反だ。

「それはそうですね。ならば証拠を隠滅したから、隠館さんが疑われているわけではないのですね」

「ええ。さすがにひとりで片付けたわけではありませんし」

この探査船に乗り込んでいた、雑用係のバイトは僕だけではない――特に、物理的にも心理的にも、コルク抜きが刺さっている死体を冷暗所に移動させるという工程は、ひとりじゃ絶対に無理だ。

なのに僕だけが疑われ、探偵を呼ぶことになったのには、それなりの理由がある。

「理由。隠館さんが犯人だからですか」

「違います。そういった考えかたが冤罪を生むのです」

不要な講釈をする僕。

探偵に疑われたときこそ探偵を呼びづらいという話をしたけれど、そう言えば今日子さんは、必ずと言っていいほど、捜査の過程において、一度は僕を疑う傾向がある。

網羅推理の必然とも言えるが、そういう意味では、なかなかリスキーな探偵である――それを補ってあまりあるほどの最速がなければ、冤罪王にとっては依頼しづらい探偵なのかもしれない。

まあ、孤立状態にある船にまで駆けつけてくれる探偵なんて、そうはいないので、選択の余地はないようなものだけれど。

職業選択の自由もなければ探偵選択の自由もないのか、僕には。

「ほほう？　まあ仰る通り、船長の命令で現場のクリーニングをしたにもかかわらず、それで船長から疑われるというのもいささか理不尽な話ですね」

いささかどころではない。

世間ではままあることでもあるが。

「ではどうして隠館さんは現状、犯人と目されているのでしょう？」

「現場が密室だったからです。と言っても、扉に鍵がかかっていただけの、シンプルな密室なのですが——ご覧の通りインサイドの、窓のないキャビンですし、密室を構成する要素は、出入り口のサムターン錠だけです」

「なるほど。つまり、そのサムターン錠を開けるピッキングの技術を、この船で、隠館さんだけが持っていたのですね」

「そうそう、僕だけが——ってなんでですか。できませんよ、ピッキングなんて」

こんなノリツッコミみたいなやりとりで自白を取られてはたまらない。これもまた、冗談でなく、世間ではままあることではある——ノリで自白してしまって取り返しのつかないことに、人はなりがちである。

取調室のノリ。

ぞっとしない言葉だ。

「そうなると、どうして隠館さんは疑われているんですか？　被害者との間に、深い確執があったとか？」

「いえ、ほとんど喋ったことすらありません」

「ほとんど？　少しは喋ったことがあるということですね？」

詰めてくるなあ、名探偵。

念のための保険としてそう言っただけで、喋ったことは、記憶の限りない——それでも僕が疑われている理由とは。

「繰り返しになりますが、あくまでただの——と言うか、普通の鍵による密室ですからね。合鍵《あいかぎ》があれば開けられるし、また、合鍵があれば作れる密室なんですよ」

「でしょうね。不謹慎なことを言わせてもらえれば、探偵としてはあまり魅力的な密室とは言えません」

確かに不謹慎だが、まあ、そりゃあそうだろう。とは言え、冤罪王にとっては、シンプルな密室だろうと複雑な密室だろうと、変わらず切実な問題である。

身を切られるように切実だ。

「僕は雑用係——何でも係として、この船で雇われているわけですが」

雇われていた、と言うべきだろうか？

だが、まだクビになったわけではない。犯人扱いされているだけだ——たとえ疑いを晴らしても、その後の海域で雇用関係が続くかどうかは微妙だが。

また職探しか。

気が重いな。バラストのように。

「特に主な業務として、物理的なセキュリティを担当させられていまして、具体的には合鍵の管理を任されていたんです」

「……新入りの何でも係にしては、結構重要な役割を任されていますね」

またしても、疑惑の目を向けてくる今日子さん。いや、これに関しては、名探偵ならずとも、不審に感じるポイントだろう——だからこそ、僕はこうして筆頭の容疑者になっているわけだ。

僕自身、荷が勝ち過ぎる仕事だと思ったし、もしも選べるならば、別の任務を担当したいくらいだった。

「一応、船長になぜ僕なのか、初日だったかに訊いてみたんですけれど」

「初日だったか？　曖昧《あいまい》な供述ですね」

曖昧なのはその通りだが、供述という言いかたにはベクトルがあるな。

船だけに針路と言うべきか——むしろ、針のむしろと言うべきか。

「初日です。返ってきたのはこんな答でした——船員が部屋に閉じ込められるような危険は避けたいので、やはり合鍵は、信頼できる人間に管理してほしい、と」

実際には閉じ込められるどころではないことが起きてしまったわけだが——今日子さんは『信頼できる人間』という言葉に眉《まゆ》を顰《ひそ》めた。

顰めないでほしい。

いや、僕も別に、たぐいまれなる人格者であることを自負しているわけじゃあない。が、実のところ、そのような『誤解』を受けたのは、意外にもこれが初めてというわけでもなかった。

「冤罪を晴らした直後の職探しであることは、包み隠さず面接で話しましたからね。疑いが晴れた人間だから、間違いなく信頼できるはずと、そう見做されたようです」

公に無実が証明された以上、隠館厄介というこの好青年は疑いの余地なく清廉潔白であるとジャッジされたようである——呼んだ探偵に、どれだけ明々白々に無実を証明してもらったところで、『でも、本当は真犯人なんじゃないか。真の犯人なんじゃないか』と疑われ続けることもままあるので、そう言われるのは正直、嬉しくないわけじゃないのだけれど、それを理由に度を過ぎた職責を担わされるというのは、ちょっと違う気もする。

冤罪が晴れたとか、無実が証明されたとかいうのは、別に僕の人格や、遵法《じゅんぽう》精神までが保証されたわけじゃないので、『冤罪王だからこそ信頼できる』なんて逆説を適用されるのは、過大評価だと感じさせられる——まあ実際そんな、誤解と言えば冤罪なみに誤解である評価を突っぱねることなく、お仕事を頂戴《ちょうだい》したという一点を以てしても、僕が人格者でないことは明らかである。

ゴルフ場でキャディのバイトをしたことがあるけれど、残念ながらプレイヤーのようなフェアプレイ精神を徹底できてはいない。

当然、その際も濡れ衣でクビになったし。

だからこそ、こういうことがあったら、やっぱり疑われたりもするわけだ——もっとも、さすがに船長も、事件が発生したからと言って露骨に手のひらを返したりはせず、こうして探偵を呼ばせてくれたし、皮肉にも僕をキャビンに閉じ込めたりはしなかったのだが……、度を過ぎた信頼は、裏返ったときに痛い目を見るから、やっぱりちゃんと否定しておかないと駄目だ。

勝手に信頼されて勝手に裏切ったことにされるのはなかなか応《こた》えるものの、その一方、不都合な誤解はどんな手を使っても解くけれど、好都合な誤解はちゃっかり受け入れるというようなスタイルは、ちゃんとしっぺ返しを食らうものなのかもしれない。

まあ別に、被害者は僕のしっぺ返しで殺されたわけではあるまいが——そこで過大な責任を背負い込むのも、やっぱり無理がある。

自業自得でも悪因悪果でもない。

ただの誰かの犯罪なのだから。

「とは限りませんよ。隠館さん」

「え？」

運命だとでも？

合理主義を地で行く今日子さんらしからぬ台詞である——名探偵なんてやっている時点で、そりゃあ厳密な意味での合理主義ではないのだろうが、僕の不心得が、この事態を招いたと、本気で思うのか？

「いえ、とは限らないのはそこではなく——誰かの犯罪かどうかは、まだ証明されていないということです」

ただの誰かの犯罪ではなく。

罪のない事故かもしれません――と、今日子さんは言ったのだった。

4

「事故？　いやいや、それはないでしょう」

僕はそう即答してしまったが――思えばこれは、あまりにも謎解きシーンの群衆ムーブだったが――、しかし何も反射的に、無根拠でそう言ったわけでもない。

ナイフならまだわかる。

フォークでもありえるだろう。

もしかしたら、スプーンでも、大胆に取り扱いを間違えば、それが意図なき過失で人の命を奪う凶器と化してしまうことはあるかもしれない――しかし、コルク抜きだ。ありとあらゆるカトラリーの中でも、なんならもっとも、取り扱いをミスりそうになさそうな構造である――

「おや、そう思いますか？」

「ええ。だって、どうしたって使うときに、グリップをぎゅっと強く、手のひら全体で握る作りじゃないですか――それも、なんて言うか、ナイフみたいに一部を縦に？　握るんじゃなくて、ほぼ大部分を上から握るような感じになるから、力加減を誤ってすっぽ抜けることは、あまり想定しにくいでしょう」

もちろん人のすることだから、事故がまったくないとは言えないだろう――コルクを抜こうと言うときにつるっと手が滑《すべ》って、反対側の手に刺さってしまった、みたいなことは、十分に想定しうる。

けれど、頸動脈《けいどうみゃく》に突き刺さるというのは――あまりに荒唐無稽《こうとうむけい》だ。

肩から上だぞ？

「そうでもないでしょう。ほら、コルク抜きって、くるくるって、バネみたいな形状になっているじゃないですか」

「バネみたい？」

「鹿児島県の地名ではなく」

「それは馬根《ばね》ですね」

なぜ忘却探偵が鹿児島県の地名に詳しい？　新しく得た知識は忘却していくはずなので、元々持っていた知識ということになるが――あるいは高速ヘリの発着地が種子島《たねがしま》だったのかもしれない。

ともかく、まあ。

バネといわれればバネだ。

発条《ばね》だ。

なぜ『発条』と書いて『バネ』と読むのかは知らないが。

「え？　だから、床に落としでもしたコルク抜きが、いい角度で着地して、トランポリンみたいにぴよんと跳ねて、被害者の素っ首に突き刺さったって言うんですか？」

「ありえませんか？」

「ありえないでしょう」

素っ首ではなく、ソックスでもあり得ないだろう。

首元まではおろか、足首までも跳ねまい——思い切り圧力をかければ、物理的にバネみたいな働きもするのかもしれないけれど、僕のような力自慢でも、コルク抜きの刃先？を圧縮することはできない。

ちなみに力自慢というのは見栄《みえ》だ。

僕の体格は基本的には見かけ倒しである。

「まして、ただ地面に落としただけのコルク抜きが、成人の首まで跳ね上がってくるなんて……、スーパーボールじゃないんですから」

「ええ。でしょうね。まあそれを言ったら、ナイフだって跳ね上がっては来ませんが」

己の推理を自ら否定するようなことを今日子さんは言った——それもそうだが、しかしまだしもナイフのほうが、何かの拍子《ひょうし》に、跳ね上がってきそうな気もする。それこそ形状の問題か、それとも重量の問題か——ともかく、コルク抜きで死亡事故はない。少なくとも考えづらい。

「そうでしょうとも。ここが普通の密室ならば」

「？」

「ポイントは、ここが『動く密室』だということです――厳密には、『揺れる密室』でしょうか」

今日子さんは横たわったまま――つまり、船の揺れに身を任せたままで、そう言った。

「あるいは、『荒れる密室』でも」

この辺りの海域は特に揺れると仰っていましたが――事件当夜の揺れは、いかほどのものだったのでしょう？

「部屋中がしっちゃかめっちゃかになるほど、大荒れだったのではありませんか？　清掃が必要になるほどに」

「…………」

確かに大時化《おおしけ》だった。

時化と書いて『しけ』と呼ぶ理由も僕は知らないし、むしろ『しけ』という言葉に大荒れなイメージはまったくない――とは言え、そんな混乱の中で起きた事件だったことは間違いない。

だからこそ、混乱に乗じての犯行と、僕は捉えていたけれど――

「事故は考えづらいと仰っていましたが、たとえばバーテンダーが振るシェイカーの中に、人間とコルク抜きを一緒に入れて振り回せば、その切っ先が首に刺さるとも、考えづらいですか?」

「……いや」

シェイカーの中に人間とコルク抜きを一緒に入れるという前提がまず考えづらいものの、そこはあくまで前提条件として飲み込むとして――コルク抜きの話なのにシェイカーが出てくるところも飲み込みづらい――お酒の話だけに――、同じ船の中で、大時化を経験した立場から言っていいならば、なるほど、満更考えられなくはない。

体感的には前後左右も天地もないほどの揺れで、転覆しないのが不思議なくらいだった――そういう事態に備えて、通常、キャビンでは頭よりも高い位置に荷物を置けないように設計されているそうだが、小物となるとそうは行くまい。

宇宙船なんかでも、個々のアイテムはテーブルなどに固定できるようになっていると聞くけれど――さすがの僕も、宇宙飛行士のバイトはしたことがない――逆に言えば、無重力状態ならば、そういった事故が想定されている、ということでもある。

「……だからと言って、相当な低確率でしょう。悪意をもった人間がコルク抜きで被害者を殺し、何らかの手段で密室を構成した可能性の、何百分の一くらいのパーセンテージじゃないですか? 事実、同じ揺れを経験した僕も、あるいは他の船員も、もちろん船長だって、そんな憂《う》き目《め》には遭っていないわけですし」

「低確率だからこそ、他の誰もそんな憂き目に遭っていないのでしょう。むしろたくさんの人間が、同時に同じ事態に遭遇したからこそ、その中の誰かが、確率的に遭難したということじゃないでしょうか」

そうか、低確率とは、起こりづらいということであって、起こりえないということではない——少年漫画みたいな言い回しだが、ゼロではないのだ。

試行回数が多ければ、それだけ実現性が高まる——バネのように跳ね上がる。どれほど低確率であろうと、確かに宝くじの一等を当てる人間は存在するし、また巷間《こうかん》よく言われているように、買わなければ宝くじは当たらない。

あるいは、事実としてワインを飲む習慣のない僕が、コルク抜きで事故に遭う確率はゼロと言っているようなものでもあるのか。反面、大勢のクルーを擁する船が大時化に遭えば、ひとりくらいは奇妙奇天烈極まりない悲劇に襲われうる——不運としか言いようのない『事故』に。

「…………………」

「おや。どうされました？　もう少し反論があるかと思っていたのですが」

「いえ、まあ……、思うところがないわけではないんですが、納得できてしまったと言いますか」

推理小説で、犯人の意図しないところで、偶発的な要素が加わり、奇妙な殺人現場ができあがってしまう――たまたま難解なトリックが成立してしまうというような展開は、リアリティの面から言えばやはり絵空事になってしまいそうなものだけれど、大勢の人間が一気に同じ目に遭ったのだとすれば、その一回が成立するのは、異常でも奇跡でもない、まさに現実なのかもしれない。

大仰に言うなら、地球に生命が誕生したり、その生命が進化したりするようなものだ――それは実験場が宇宙規模であるからこそ、極めて現実的に起こりうる『当たり前』の現象である。

「それに、納得以上に、安心したんです。これで『もうひとつの密室』のほうも、解決したんですから」

「今なんと仰いました?」

5

最速を重んじるあまり、懇切丁寧さとはやや無縁になってしまう忘却探偵の推理過程であり、必然、僕からの状況説明も、必要最低限にしがちなのだけれど、そもそもどうして、密室で亡くなっていた船員が、『事故死』ではなく『殺人』であると判断されたか――そう思い込まれたかについてのエクスキューズは、確かに最初に入れておくべきだった。

これは探偵ではなく依頼人のポカだ。

やってしまった。

なるほど、今日子さんが毎度のように『依頼人は嘘をつく』を徹底し、僕の言うことを一言一句疑ってかかるのも、むべなるかなと言えばむべなるかなである――嘘をついたつもりはないが、肝心なことを言っていないのでは、結果としては、法螺《ほら》吹《ふ》きと大差ない。

今なんと仰いました？

も、毎度のように聞く今日子さんの決め台詞だけれど、こういう使いかたをされたのは初めてである――普通は解決編に繋がるときに使用されるが、章またぎのブリッジになるのでは普通フレーズじゃないか。

決まりようがない。

「既に密室殺人事件が起きていたからこそ、その流れで、本件は第二の殺人事件だと受け入れられていたということですか――困りますね、隠館さん。そういうことは最初に言っていただかないと」

今日子さんは困ると言うよりも、嫌そうに顔をしかめた――ビジネススマイルが崩れているのは、これで揺れる船から帰れると思っていたからかもしれない。

帰りもヘリに乗るおつもりだろうか。

僕の払う必要経費で。

「すみません、ついうっかり」

「うっかりって」

「そちらの事件では、僕は容疑者になっていなかったものですから。勝手に、と言うか無意識に、関係ないと判断してしまっていました」

「関係ないだなんて――むしろ関係は大ありでしょう。大勢が同じ大時化に遭ったからこそ、その中で一件――一見不思議な密室殺人事件が起きても不思議ではないという推理をお披露目したというのに、そういう事実を後出しされてしまうと。二件起きてたら、ちょっと変でしょう」

ちょっと変、では済まないかもしれない。

推理の根底が崩れてしまう。

「これは違約金を請求せざるを得ません」

「そ、そこまでのことですか？」

「ただ、聞き捨てなりませんね。そちらの事件では、隠館さんが容疑者になっていないというのは……、普通、第二の事件が起これば、第一の事件と犯人は同じであると類推されませんか？」

むろん、それを逆手に取る犯人（またはミステリー作家）もいるけれど、まあ、それがスタンダードだろう――まして対象はこの冤罪王である。第二の事件の容疑者になったというだけのことで、じゃあ第一の事件の犯人もこいつに違いないと、乱暴に、あるいは順当に思われていないのは、いっそ異常事態と呼んでもよいかもしれない。

非論理的とすら感じる。

が、それには理由があるのだ。

どんな疑《うたぐ》り深《ぶか》い人間でも——警察でも探偵でも船長でも——第一の事件に限っては、僕を犯人扱いできない、確固たる理由が。

「なにせ、僕が生まれる前に起きたとおぼしき密室殺人事件ですから」

「は？」

「しかも現場は沈没船です」

かつてはさておき。

今となっては動くことのない密室である——動かすことすら難しい。

「そもそもこの探査船が、いったい何を探査していたかと言えば、海底環境とか土壌とか、そういうものだった——らしいんですが、たまたま、調査活動中において、沈没船を発見しました」

何の船——かはわからない。

どこの国の船かも定かではないし、年代によっては、その国が現在も存続しているかどうかも不明となる。沈没船の探査船だったら大成果だが、まったくそうではないので、これは厄介ごとだった――僕の名前よりも厄介だ。

工事をおこなおうと地面を掘っていたら、遺跡を発見してしまったようなものである。

そして何を隠そう、その船を発見したのが、『第二の密室』の被害者である船員だった
――いや、何を隠そうと言っても、決して隠していたわけじゃないのだが。

「ほほう。それは興味深いですね。ここで亡くなっていた被害者のかたが、ダイバーだった
とは」

「あ、いえ。そうではありません。海底探査って言っても、今はドローンでおこないますか
ら」

「どろーん？」

今日子さんが胸の前で手を組んだ――手を組んだというか、両人差し指を立てる印を結ん
だ。

それは『どろん』だ。

「ええと……、機械と言いますか、ロボットと言いますか」

「ああ。マニピュレーターのことですか？」

微妙に違う。

その上、微妙に古いな。

ただし理解としてはそれで正しい――この辺りは忘却探偵の面目躍如（？）か。

「精巧なカメラも搭載されているので、海底の様子は手に取るようにわかります。マニピュレーターのように——あるいは、見てきたように、でしょうか——まあどうあれ、大発見ですからね。船長は渋い顔だったでしょうが、発見者として、祝杯をあげたくなるのはわかります」

おおっぴらにはあげられないから、こっそりキャビンで、ひとりきりでワインを開けたくなったという流れだったのだろうか——それが『事故死』に繋がったのだとすれば、塞翁《さいおう》が馬《うま》だ。

ウマヅラハギかな。

「うーん。祝杯をあげるほどの大発見ですか？　いえ、別にあげてもいいんですけれど、仕事が滞ることになるのは、船長のみならず、クルー全員同じでしょうに。それで歴史に名が残るわけでもないでしょう」

「金塊も発見しましたから」

「金塊!?」

がば、と、今日子さんが身を起こした。

なんて反応だ。

船酔いはどうした。

「失礼。金塊と聞くとテンションがあがってしまうタイプの探偵でして」

「それは性格が出ているだけでは？」

または本性が。

メッキが剝がれるとも言う――金メッキが。

「金塊なんて発見されたら、そりゃあ宴《うたげ》じゃないですか。船長も苦い顔はしないでしょう。恵比須顔《えびすがお》でしょう」

「それは発見された場所次第です」

「沈没船でしょう？」

「正確には沈没船の中の一室で――沈没船の中の密室で」

しかも、金塊の隣には。

死体が転がっていたのだ。

6

「白骨死体だったそうですが、むろん、最初から白骨だったわけでもないでしょう――長い海底生活で、白骨化したと考えるべきです」

「生活ではないでしょう」

「ですね。死滅です」

幸か不幸か。

否、そんなのは不幸に決まっているのだけれど、白骨化していたせいで、死因も、検視するまでもなく、舷窓《げんそう》越しでも、ドローンのカメラ越しでも、十分に明らかだった——なにせ、頭蓋骨《ずがいこつ》が陥没していたのだから。

すぐ傍《かたわ》らの、金塊の形に。

「沈没船の中で頭蓋骨陥没——うまいこと言っているんだか、言っていないんだか」

今日子さんは白髪頭に触れながら、またしてもばたんと、床に倒れた——呆れて力尽きたのだろうか、それとも、今度はその白骨死体を追体験しているのだろうか。確かに、海底と海上の違いはあれど、状況はおおよそ似たようなものである——どちらも船の中の密室なのだから。

「だから、てっきりトリックも同じなんだと思ったんですが——だって、同じ推理で説明がつくじゃないですか。沈没に際し、シェイカーのように揺れる船で、運悪く飛んできた金塊が頭に当たって——」

「金塊は飛んでこないでしょう」

重いんですから。

と、今日子さんは断言した——金の重さについて語っているだけなのだろうが、なんだろう、お金の大切さを語っているようにも聞こえる。

「コルク抜きはコルクよりは重いでしょうけれど、金塊とは比べるべくもありません。塊《かい》と言うからには、それなりのサイズでしょうし」

僕も直接見たわけではないが——それを言ったら誰も直接見たわけではないが——、まあ、間違っても水に浮くことはなかろう。

ひとりでは、持ち上げることもできないかもしれない……、確かにどんな大嵐《おおあらし》にあったとしても、台風だとしてもハリケーンだとしても、そんなものが頭に直撃するというのは、考えにくいな。

船が原形をとどめまい。

「沈没船からは、他の死体は発見されなかったのですか？　つまり、他のクルーの白骨死体は」

「もちろん——と言っていいのかどうかはわかりませんが、もちろん発見されています。ただ、基本的に密室状態にない死体ばかりなので、なんて言うんでしょう、保存状態があまり芳しくなくて——」

ドローンで見る限りは、殺人事件があったとは思えないそうだけれど——見つかった白骨死体ですべてというわけでもないだろう。沈みゆく中、沈んだのちにも、流されてしまった死体も相当数あるだろうし。

しかし、それもまた、『たくさんの人間が同じ目に遭って、そのうちのひとりは、密室殺人事件に見える死にかたをしている』という、『第二の密室殺人事件』との共通項だと思ったのだが。

「沈没船なら、海中で——それこそコルク抜きのように、錐揉《きりも》み状に回転することもあったでしょうから、船全体で、よりランダムな上下左右運動があったんじゃないですか？　シェイカーみたいな上下運動では無理でも、上下が——つまり天井と床が引っ繰り返るようなモーメントがあれば、金塊が頭上から落ちてくるようなこともあるのでは？」

「どうでしょう、その場合は遠心力も働くでしょうからね。また、基本的には人間と金塊は、部屋の同じ面にいることでしょうし」

今日子さんは否定的だ。

あくまで今日子さん的には、『第一の密室』と『第二の密室』の仕組みは、同じではないと考えるらしい——『二度あることは三度ある』の、二度目ではないのだと。ただ、だとすると、『第一の密室』に対しては、まったく違う仕組みがあると想定しなくてはならないのだが——

「ま、まあ、先述の通り、そちらの事件——そちらの発見では、僕に容疑はかかっていないわけですから。無理に解決することはないんですけれどね。第二の密室を解決していただけただけでも十分です。僕の冤罪は、それで晴れたということに——」

「何を言っているんですか。『第一の密室』を解決しないことには、『第二の密室』に対する私の推理が、説得力に欠けるでしょう。ひいては、隠館さんの冤罪も晴れてない、まるっきりの曇天《どんてん》ということに他なりません」

曇天となれば、それは穏やかではない。海上では特に。

しかしなるほど、言われてみれば確たる証拠があるわけではなく、およそ説得力という点で、成り立っているような仮説である。

「こうなると、追加料金を頂戴して、第一の密室も解決するしかありませんね」

違約金に加えて追加料金まで生じるの？

阿漕《あこぎ》過ぎないか、置手紙探偵事務所。

ただし、同じ推理を流用できないとなると、『第一の密室』への推理は一から組み立てなくてはならないが、もっともあてになるであろう第一発見者は、この部屋で亡くなっていたわけであり、証言は取れない――むしろ、『第一の密室殺人事件』の謎を迷宮入りさせるために、『第二の密室殺人事件』が引き起こされたという可能性が生じるまである。

入り組んできた。

というより、こんがらがってきた。

最悪、僕の容疑が再燃するどころか、『第一の密室』も僕の仕業だと判断される恐れもあった――確かに、今のところ、明らかに生まれる前の事件だから容疑者にされていないのだけれど、そういう理屈を超法規的に越えて冤罪をかけられたことも、過去にないわけではないのだ。

地球の裏側で起きた殺人事件の容疑者にされたこともあった——当時、日本の拘置所にとらわれていたという明白なアリバイがあったにもかかわらずだ。まあ冗談じゃなく、疑いというのは論理を無視してくるところもあるし、冤罪というのは、ごり押しされるときはごり押しされる。ごりごりと。

背に腹は代えられない。

本来、時間外労働を嫌がる今日子さんが、船酔いしつつもやる気を見せてくれているのだ、ここは追加料金を支払うしかないだろう——正規料金プラス高速ヘリ料金プラス違約金プラスオプション追加料金。

過去最大額のギャランティになりそうである。

今なら金塊欲しさに事件を起こしかねないくらいに追い詰められた人の気持ちがわかると、言えなくもなかった。

「わかりました、今日子さん。是非《ぜひ》お力をお貸しください」

「そうですか？　なんだか、催促したみたいで申《もう》し訳《わけ》ありませんね」

飄々《ひょうひょう》と——否、抜け抜けとそんなことを言う今日子さんだった。

この人こそ、そのうち、金塊で頭を殴打されるんじゃないだろうか——それを理想の死にかただと思っているかもしれない。

「幸い、もう八割方、推理は終わっています」

「今なんと仰いました？」

今度は僕が言ってしまった。

7

「ちょっと待ってください、今日子さん。つまり今日子さんには、もうおおよそ真相が見えているということですか？」

「ええ。私にはこの事件の真相が、最初からわかっていました」

「そ、それなのに追加料金を？」

「それゆえにです。まったく存在しないもので商取引しようなんて、そんなの架空取引じゃないですか」

存在自体が架空みたいな名探偵が、何を言っているのだろう――しかし『最初から』というのは一流のはったりでも、今日子さんがそう言うときには、実際に謎が解けているときでもある。

既に第一発見者は亡くなっているのに――ゆえに事件の状況も、僕からの伝聞でしかないというのに。

「伝聞で十分ですよ、この場合は。いえ、伝説で十分と言うべきかもしれません」

沈没船だけに、と今日子さんは言った。

何が『だけに』なのかは意味不明だが。

うーむ、これは僕のような素人の素人らしさかもしれないけれど、プロがこうも簡単に難題を処理してしまうと、『自分でもできたんじゃないか』という気にさせられてしまうな
――別に、金払いの悪い常連客になるつもりはないのだが。

お得意様でありたいものだ。

しかしついつい、素人考えを口にしてしまう。

「ええと、この部屋で起きたのと同じように、密室殺人事件ではなく、あくまで『揺れる密室』の中で起きた事故だと考えるならば、大きく――沈没するくらいに大きく揺れた際に、被害者本人が立っていられなくなって足を滑らせて、床に転がっていた金塊で頭を強打したって感じですかね？」

「いいですね」

と、今日子さん。

「床に金塊が転がっているなんて、素敵です」

うん。

発言しながら、自分でも思った――どんなシチュエーションだ。

いつの時代の沈没船だったとしても、金塊をそんな雑に扱うまい――むしろ船が揺れても

床に落ちたりしないよう、棚にでもしまって、いっそ金庫にでもしまって、厳重に管理するのではないだろうか？

少なくとも、コルク抜きのようには扱うまい。

「そう沈まないでください。そこまでいけばあと一息でしたよ」

その一息が素人とプロの差ということなのだろうか。

その一呼吸が。

「ですね。そして、生きるか死ぬかの差です」

「そ、そこまでの差ですか」

「もっと言えば、楽に死ぬか、苦しんで死ぬかの差——かもしれません」

意味深長に、今日子さんは匂わせた。

寝転んだまま——船の揺れに身を任せ。

「どっちのほうがいいですか？」

「え？　そりゃあ、楽に死ぬか、苦しんで死ぬかだったら、楽に死にたいものですが」

「そうですか」

「誰だってそうじゃないですか？　コルク抜きで殺されるくらいなら、ナイフで刺されたいと思うでしょう」

「ええ。誰だってそうでしょう。だからその白骨のかたも、そうされたのでしょう——沈みゆく船の中で、金塊で自ら頭を強打して」

溺死《できし》は。

もっとも苦しい死にかただと言いますからね――

8

密室殺人事件の真相が被害者の自殺だったというのは、伝説と言うより古典だが、しかし事故死を忌避したがための自殺とは――だがそれが、生きるか死ぬかの選択ではなく、楽に死ぬか苦しんで死ぬかの二択となると、話はまるで変わってくる。

荒れる海の中。

沈没する船の中。

密室に閉じこもろうと、容赦なく浸水してくる海水――沈んでいく船。助かる可能性はゼロに等しい。生死の狭間《はざま》には、既にいない。板子一枚下にいる。他の船員は、次々と溺死しているさなか。

僕ならどうするだろう？　あるいは、あなたなら。

「先程問題になった凶器の重さが、そこでは逆に効いてくるわけです――つまり、そんな不安定な状況の中でも、確実に死ねる凶器として」

確かに、キャビンの中――『動く密室』の中で、『動かせる重量物』となると、非常に限られてくる――重いものほど、揺れる船でこそ、そういうことができないように組み立てられているのだから。

そこで金塊。

少なくとも、コルク抜きよりは死にやすい――死ねやすい凶器だ。

「いや、でも、金塊はさすがに重過ぎませんか？　それこそわざと――金庫からよっこらせと取り出して――固定されているであろう金庫から取り出して床に置いて、その上に倒れ込む、みたいな方法でしょうか？」

「それだと不確実ですね。上下すら確定していない沈没中のキャビンの中では。もう一息です」

「またもう一息ですか」

窒息しそうだ。

海水の中にもいないのに――海水の中、海水の中？

「ええ、そうです。海水の中で金塊が自然に浮いたり、あるいは飛んだり跳ねたりはしませんけれど――持ち上げることなら、できるんじゃないですか？」

浮力が働くので。海中では。

重いは重いが――持ち上げられない重さではなくなる。アルキメデスが提唱したように
――

ならばユーレカだ。

第一の密室殺人事件にそのような解決編が付与されたことで、第二の密室殺人事件の解決編もまた、浮かび上がるように成立することになったのだから——ひいては僕の冤罪は晴らされたのだから。

「……………」

晴らされた。

が、一方で、気分はあくまでも曇天だった。大時化とまでは言わないが——ひどくどんよりとしている。

「——今日子さん。どうして沈んだんでしょうね？　その船は。避難する暇もないほどの速度で」

「さあ。速度と聞けば黙っていられない私でも、そこまではわかりません」

そっけなく、今日子さんは首を振る。

あくまで寝転んだまま。

「この船と同じような探査船だったけれど、海底洞窟《どうくつ》に隠されていた伝説の金塊を盗掘したことで、海の怒りに触れたとかじゃないですか？」

それは冗談で言ったのだろうけれど、正直、僕も似たようなことを考えていた——船が沈もうというときにたまたま金塊が手元にある、なんて状況よりはよっぽど考えやすい。そうなると探査船と言うより海賊船という感じもあるが——海の怒り。

　大自然の裁き。

　警察に逮捕されようと船長に拿捕《だほ》されようと探偵に確保されようと、僕の叫ぶ台詞は結局のところ常に同じなのだけれど——そんな大それたものにもしも冤罪をかけられたなら、底抜けにたまったものじゃないなと、僕は、息もできないような揺れる気持ちに、悪酔いせざるを得ないのだった。

『掟上今日子の船酔い』——忘却

第四証　掟上今日子の猫アレルギー

1

「た――探偵を呼ばせてください！」

風が吹けば桶屋《おけや》が儲《もう》かるように、僕がこの恒例の、いわばお馴染《なじ》みである悲痛な叫びを高らかにあげれば、連鎖的に名探偵が儲かるわけだけれど、当然ながらそこに至るまでには、いくつもの複雑な工程も絡んでくる。

そもそも、僕はまごうことなき当事者なので、呼ぶときの悲痛さばかりに限って目が行くけれど、呼ばれる側がどういう気持ちになるのかには、人間社会におけるコミュニケーション上の、相互性があるだろう。

あるいはすれ違いが。

ここで言う『呼ばれる側』は、探偵であり、また警察でもある――探偵にとって、依頼人が冤罪被害者というのは、通常の捜査よりも事態がややこしい。身構えが変わってくる、なぜなら最初からミスリードされているようなものなのだから――真犯人を見つけるのではなく、疑いを晴らせばいいがゆえに、課題はむしろ簡単だろうという理解もあるし、確かにその通りではあるのだけれど、また僕の場合は絶対にそうではないのだけれど、冤罪被害者と見せかけて、その依頼人が真犯人であるケースもあることが、課題をひっかき回す――『依頼人に騙《だま》される』結果は、名探偵にとって何よりも恥だ。

犯人を間違えるよりも恥だ。

まあ、そういう駆け引きやリスクをスリリングに楽しむ存在こそが名探偵であると言って言えなくはないのだが——だからこそ、僕の『呼び出し』にも快《こころよ》く応じてくれるわけだが、もう一方の探偵を呼ばれる受動側である警察（あるいは検察でも、裁判所でも——）が、呼ばれた際に、どのようなテンションになるのかというのは、正直言って、僕も心苦しいものがある。

僕を逮捕したことは、ひいては、僕を疑うことは完全に間違いであると、遠回しに指摘しているようなものなのだ——大袈裟に言えば、これは国家権力に敵対する行為にもなるのだから。

ただでさえ、人の間違いを指摘するのは気まずいと言うのに。

双方気まずい。

もちろん自己弁護も国家によって認められた権利なので、国家に反逆するつもりは毛頭なく（国家反逆罪に問われたことはあるが）、黙秘権と同じように、行使することをためらってはならないのだが——決してならないのだが——僕が探偵を呼んで、名探偵が儲かって、『めでたしめでたし』とはなりにくい。

人間、間違わないことも難しいが、間違いを認めることも難しいのだ。

僕も、法を犯したことはないと胸を張っているけれど、人生において間違いを犯したことがないかと言われると、さすがにそんなわけがない――間違いだらけの人生だし、恥の多い人生だ。

残念ながら、疑いを晴らしたことで、より疑いが濃くなるなんて悪循環もある――『探偵を呼んでまで疑いを晴らすだなんて、怪し過ぎる』というわけだ。

ならばどうしろと言うのだと頭を抱えたくなる人間心理の複雑さであり、微妙さであり、難解さでもある――冤罪を晴らしたことで疑惑が深まるだなんて。『風が吹けば桶屋が儲かる』に、続きがあるとすれば、桶屋のその突然の儲けが不当なものではないかと、査察が入る――みたいなものだろうか。

なかなかハッピーエンドとはいかないものだ。

ただし、念のために付け加えると、僕も無数の探偵を呼び続けてきたけれど、僕が探偵を呼んで、探偵が儲からなかったことはほぼ皆無だ――誰も彼もが、もれなく成功報酬を手にしている。

裏を返せば、僕の携帯電話には、無償で事件解決を請け負ってくれる、無私の探偵の連絡先は、登録されていないということだけれど。

2

「キャットドアですね。これは」

密室と言うには完全に不完全です——と、今日子さんは言った。どこか物足りなそうな、もしくは物欲しそうなニュアンスでもあった——まあ、密室が不完全であるというのは、名探偵にとっては拍子抜けなのかもしれない。

ご安心あれ。

僕もプロの依頼人だ。

不完全な密室で、名探偵をがっかりさせるために、電話して現場に呼び出したわけではない——必ずや、期待に沿ってみせよう。

現場というのは郊外の一軒家であり、一人暮らしの家主が、その中で不審死を遂げていたというのが今回の事件のあらましである——不審死というのは、もちろん不審死という意味だけれど、逆から見れば、今のところはまだ、殺人事件と断じられたものではないという意味にもなる。

むろん、現実に即して言うならば、不審死のすべてが事件化されるわけではないのだが、今回は完全に、事件化を前提に捜査されるべき案件である——亡くなられた一人暮らしの男性が、元警察官だったからだ。

「それも、実は僕とご縁のある警察官でして——ええと、言いかたが難しいんですけれど、その昔、聴取を受けたことがありまして」

「逮捕されたのですか？」

物珍しいのか、それともかつて見たことがあるけれど、物忘れが激しいのか、キャットドアを、玄関口側から楽しそうにぱかぱかさせながら、ずばっと切り込んでくる今日子さん――デリカシーには欠けるけれど、さすが最速の探偵である。

話が早くて助かる。

推理が速いともっと助かる。

「ええ、昔の話ですが――とっくに解決済みです。疑いは完全に晴れました。無実と無罪は違うなんて言いますが、僕の場合は一緒です。潔白です。なんなら清廉潔白です。当時の新聞では、僕はセイレーンと渾名《あだな》されました」

「そこまで主張されると、却《かえ》って嘘っぽいですがね」

眼鏡越しに、疑わしげな視線を向ける今日子さん――人間心理の複雑さだ。まあ、疑わしくない人間を疑うというのは、名探偵の基本と言うより、原則である。

確かにセイレーンは嘘だった。

現代のモリアーティ教授と呼ばれたことはあっても、セイレーンと呼ばれたことはない。

ただ、これは忘却探偵の『守秘義務絶対厳守』という大原則に反するので本人に言うわけにはいかないけれど、そのとき、僕の疑いを晴らしてくれた名探偵こそ、何を隠そう、置手紙探偵事務所所長の掟上今日子なのである――一日で記憶がリセットされる彼女は、それをすっかり忘れているが、つまり不審死を遂げた元警察官は、その際の今日子さんの、宿命のライバルだったという言いかたも可能なのだ。

結構なやりとり、結構な丁々発止があったので、僕にとっても印象深い冤罪――印象深い事件だったのだが、あの対決が今日子さんの頭の中では、まったくなかったことになっているというのも、なんだか遣る瀬《やせ》ない話だ。

仕方のないこととは言え……。

しかしながら、それをさておいても、その冤罪事件は、今回の件の遠因となっている――なぜなら、だからこそ、再び僕に冤罪がかかっているのだから。まだ逮捕はされていないし、勾留も確保もされていないけれど、最初にあった聞き取りの際の雰囲気を受けて、冤罪王としての嗅覚《きゅうかく》を、ここは発揮しておくことにした。

最速の探偵ならぬ最速の依頼人だ。

冤罪の芽を摘む。

「なるほど。要するに、かつて冤罪をかけられた恨みで、このたび復讐に及んだんじゃないかと、隠館さんは疑いを持たれているのですね」

「そこまで具体的な危機が迫っているわけではないんですが、不審死が不審死で片付けられず、捜査がおこなわれている理由は、そんなところのようです――元警察官として、担当されていた事件の関係者には、全員話を聞いておこうという流れのようで」

まあ、そんな風に僕には言っているだけかもしれない――実際、元警察官の経歴は実直にして輝かしく、唯一何かあるとすれば、僕の冤罪事件だけだったそうだから。

故人には最大限の哀悼の意を示すが、僕にしてみればたまったものじゃない。あらぬ疑いをかけられた上に、その濡れ衣を着せられたことを恨んで犯行に及んだんじゃないかと言われているのだから——どんな無間《むげん》地獄だ。

引退を待っていたとでも言うのか？

「なので先手を打って、今のうちに将来の冤罪を晴らしておきたいんです。戸締まりのされた一軒家内での不審死——男性は高齢で、暴力を受けた形跡はないんですが、問題はこのキャットドアでして」

「キャットドアの何が問題なんですか？」

今日子さんはなぜか両手を——否、両腕を、そのキャットドアから通そうとしていた。現場の密室性と言うか——そのキャットドアから、人間が通れるかどうかをチェックしているのかもしれない。

いかに今日子さんが小柄《こがら》でも、さすがにキャットドアからの侵入は無理だろう——猫ならば、頭が通ればどんな穴でもくぐれるというけれど、肩幅というもののある人間はそうはいくまい。

僕なんて頭どころか、手のひらも通るまい。

身体の大きさにだけは自信がある、自身だけに。

「猫を飼っていないんですよね。被害者の元警察官」

「は？」

キャットドアから腕を抜かないままに、今日子さんが振り返り、僕を見上げる。そりゃあそうだろう、つまり猫を飼っていないのに、彼は玄関に、キャットドアを設置したという理屈になるのだから。

理屈と言うには理が屈している。

のみならず。

「ちなみに男性の死因は、呼吸困難による窒息死です」

「窒息死」

「猫アレルギーによる窒息死……、ではないかと、疑われています」

少なくとも。

不審死であることに疑いはなかった。

3

そもそもキャットドアという、猫用の外出扉自体が、現代の日本ではなかなか目にしにくい存在である——猫の外飼いが、あまり推奨されていないからだ。

まして猫アレルギーの人間が、玄関にキャットドアを設置する理由なんて、まず考えられない——不審死も不審だが、一軒家という密室を構成する要素であるこの玄関が、まず不審なのだ。

あってはならない扉の扉。

異世界からやってくる妖精の出入口でないのであれば、家主以外の何者かが、特定の方向性を持って、勝手に設置したとしか思えない——あえて繰り返すが、元警察官は猫を飼ってはいなかった。一軒家の持家なのでペットＯＫもＮＧもないだろうが、猫アレルギーで猫を飼うことは、まずなかろう。

「そうとも限りませんがね。根性で飼うかたはいらっしゃいます——しかし根性でどうにかならないのも、猫アレルギーでしょうから」

キャットドアからの侵入を諦め、普通に人間用の扉を開けて、家の中に這入った今日子さんは、そんな風に言いながら、家主が亡くなっていた、二階の寝室へと向かう——念のために付け加えておくが、不法侵入ではない。

関係各所の許可は取っている。

被害者が旧知だったので（本人は忘れているとは言え、今日子さんも含めて）、その辺りの手続きは比較的滞りなかった——僕は筆頭の容疑者であると同時に、かつての冤罪被害者でもあるので、意見が通りやすかったのかもしれない。

それもあまり嬉しい話ではないが……、まあ、冤罪を晴らすために罪を重ねねばならない状況ではないということだ。

今回は。

「確かに猫アレルギーの症状もそれぞれですから、人によるところはあると思います。ただ、今回の被害者が猫を飼っていなかったのは確かだったようで」

猫アレルギーなのに猫を飼おうなんてどうせ周囲に反対されるだろうから、あえて無登録で、誰にも知られずこっそり飼っていた可能性はもちろん残るが……、こうして家の中を見る限りでも、その形跡はない。

「そうですね。キャットタワーがありませんものね」

猫飼いの家に必ずキャットタワーがあるわけではないだろう——ただし、フード用のお皿や猫用トイレは必須のはずだ。

どこにも見当たらない。

そこまで整然としているわけでも、さりとて目も当てられないほどに散らかっているわけでもない、段ボールが積み重なったり、ゴミがきちんとまとめられていたり、普通の、一人暮らしの高齢男性の自宅という感じである。ゆえに、どこかに埋もれているということもないだろう——グッズが埋もれるような猫の飼いかたというのも、推奨されてはいないだろうが。

つまり——

「警察の方々は、このように考えてらっしゃるわけですか？　犯人は殺人の手段として、猫を凶器にしたのではないかと」

猫を凶器に。

コミカルな冗談のようだが、実際問題、アレルギーというのは千差万別であると同時に、個々に深刻だ——命にかかわるケースは、決して珍しくない。本来は毒でもなんでもない、ポピュラーな食材を口にして、死に至ることだってあるのだ——ならばその悪用を試みる者もいるだろう。

ナイフや銃を使うように。

蕎麦《そば》やピーナッツを使う者がいる。

ならば猫も——

「そのために犯人は、被害者宅の玄関に、キャットドアを設置したと？　猫を操り、被害者を襲わせたと？」

寝室のベッドに、当たり前のように横たわり、今日子さんはつらつらと言う——いつもの網羅推理と言うよりは、まずは前提の確認作業のようだった。そういう慎重な確認は、いつもなら気持ちよくすっ飛ばす工程なので、彼女としてはあまりその仮説に、乗っかっていない感じだ。

……しかしよく寝転がる人だな。

それこそ猫みたいだ。

「考えられませんか？」

網羅推理の過程では、もっと突拍子のない仮説を立てることもある今日子さんにしては、えらく消極的である。

「猫派ですからね。猫を凶器とするような方向性の発想には、脳が働きにくいのかもしれません」

「はあ」

そう言えば、いつだったか誰にだったか、昔そんなことを言っていたことがあったような、なかったような――あったとしても、どうせ事件のさなかで聞いた情報だろうから、それを教えるわけにはいかないが。

「しかしまあ、『猫が可愛《かわい》いから』という理由で、リスクから目を逸らすわけにもいきません。『花が綺麗だから』という理由で、花粉症から目を逸らすわけにもいかないように」

確かに。

花粉症も重篤なものは非常に重篤で、クオリティ・オブ・ライフに大きく関連するが、一方で、当事者以外からの無理解に晒《さら》されることもある――かく言う僕も、そういう偏見と無縁というわけでもないだろう。

思考にバイアスはかかっている。

実際、今回の件の重要参考人となるまでは、猫アレルギーとは何なのか、ほとんど知らなかったと言っていい。

「ふむ。つまり、隠館さんは猫アレルギーではない？」

「ええ。まあ、だからと言って飼ってもいませんが——接する機会もほぼ皆無です。だから、実は猫アレルギーなのに、それに自分で気付いていないだけかもしれません」

「なるほど、なるほど」

「それがどうかしましたか？」

「仮に猫を凶器に用いたのだとすれば、犯人の属性はどちらなのだろうと考察中です——犯人が猫アレルギーなら猫を凶器には用いられまいと思う一方で、猫アレルギー属性だからこそ、猫を凶悪な凶器に用いるという発想に至るようにも思えます」

また依頼人を疑っている。

真っ先に依頼人を疑っている。

しかも、猫アレルギーだと答えても猫アレルギーじゃないと答えても追い詰められる、取り調べの巧みなロジックみたいな疑いかたを——この次は、猫を飼っていない人間だから心なくも猫を凶器に使えるのだとか言い出すのだろうか？　猫を飼っているオーナーだからこそ、猫をそうしつけられたのだとも言えるのに。

でも、なんだかんだで網羅推理のスタートだ。

遅れはすぐに取り戻せるだろう。

「ええ。動物を凶器とするアイディア自体は、推理小説ではお馴染みのそれですからね。忘却探偵の記憶にさえも、馴染みがあります。なので、好き嫌いを言わず、検討してみましょう」

と、今日子さんは一息ついてから、

「そもそも猫って操れるんですかね?」

そう訊いてきた。

「自由きままで気まぐれで、アンコントローラブルなイメージがありますよ」

「なるほど――」

あなたのように、とは言わないが。

凶器として『しつけ』るのであれば、犬のほうが向いているように思う。僕は犬も飼っていないので、あくまでイメージでしかないが……、おそらく、忠犬ハチ公が犬のイメージをよくしている。

忠実なる友というイメージを。

「『お座り』や『お手』をする猫って、いないですもんね」

「まるっきり皆無ではないでしょうが、まあ、『白いカラス』を探すようなものでしょう――そしてその手間をかけるくらいなら、犬を調教したほうがよいでしょうね」

調教と言った。

いや、『しつけ』と意味は同じだが——猫派というのは本当らしい。

「確実に殺害したいのであれば、犯人はキャットドアではなく、ドッグドアを設置したはずだということですか？」

「いえいえ。被害者が犬アレルギーであればそうしたでしょうけれど、猫アレルギーだったなら、猫を、少なくともネコ科の動物を使うしかないでしょうね。あくまで動物凶器説にこだわるなら」

動物全般——虫や植物も——、アレルゲンとはなりうるだろうが、すべてのアレルゲンが根を同じくするものではない。犬アレルギーと猫アレルギーでは、まったく別物だろう。同じ花粉症でも、スギ花粉とブタクサ花粉では違うはずだ。

そう言えば、桜の花粉症ってあるんだろうか？

「ネコ科と言っても、ライオンや虎《とら》をコントロールすることができるなら、猫アレルギーを誘発させるのではなく、普通に襲わせればいいだけのように感じますね。まあ、キャットドアはくぐれないでしょうが」

玄関は無理でも、窓を破壊させることはできそうだ——いや、現実的には、動物園の職員か、サーカスの団員でもない限り、ライオンや虎をしつける機会には恵まれないか。

「ふむ。ではまあ、多少強引ではありますが、ショートカットして、犯人は猫を使ったのだと仮定しましょう——家主に気付かれないように、玄関にキャットドアを設置して、放った猫に、寝込みを襲わせたとしましょう」

猫に寝込みを襲わせた？

駄洒落《だじゃれ》かと思ったが、もしも被害者が起きていれば、猫が近付いてきた時点で、なんらかの回避行動を取るに決まっているか――ご本人が一番、猫の脅威に関して、精通しているのだから。

実際に亡くなっていたのはこの寝室なわけだし、猫アレルギーという『手段』にこだわるならば、寝込みを襲わせるのがベストということになるのだろう。

猫に。

「こっそり近付くのは、猫の得意技でしょうからね。肉球があるから、足音がしないと言うか――でも、気付かれずにそこまで近づけるのであれば、ライオンならぬ猫であっても、牙《きば》や爪でも襲えそうです」

確実性に欠けようが、あくまで猫アレルギーで殺害することにこだわった？　人間は素手では、子猫にも勝てないと言うけれど……。

「飼い主の布団の中に勝手に入ってくるというのも、飼い猫あるあるだと聞きますね。猫のしつけに関して言えば、そういう生得的な習性を利用した可能性はあります――見知らぬ人間の懐《ふところ》に入り込むかどうかはさておき」

さておいていいのかな。

警戒心の強い動物というイメージも強いが――しかし、『引っかけ、噛みつけ』という命令よりも『暖を取れ』というオーダーのほうが通りやすそうではある。

冬場限定の殺害方法だが。

これまで見た限り、この家にはこたつは設置されていないようだった――キャットドアと違って、こたつを勝手に設置したりはしなかったか。

「まあ、こたつを勝手に設置したら、さすがにバレますもんね」

「それを言うなら、キャットドアを勝手に設置するのだって、すぐさまバレそうなものですよ」

今日の今日子さんは慎重派だ。

もしかすると、猫の名誉のために戦っているのかもしれない――できれば猫の冤罪ではなく、依頼人の冤罪を晴らしてほしいものだが。

ただし、その通りではある。

一般市民ならともかく元警察官が――いや、一般市民でもだが――、ある日突然、自宅のドアにキャットドアが設置されていたら、不審がらないか？

不審死する前に。

こんな大胆なリフォームに、果たして家主が気付かないということがあるだろうか――まあでも、現実においては、変化というのは、気付かないときは気付かないものでもある。『いつの間にか変わっている』というのは、盲点になりやすい。

バスケットコートをゴリラが横切っても、意外と気付かないみたいなあれだ。

「推理小説でもそうですよ。仕掛けが大規模であれば大規模であるほど、気付かれにくいという心理トリックはあります」

小さな嘘より大きな嘘のほうがバレないというのも王道か——だったら意外と、勝手にこたつを設置してもバレなかったのかもしれないな。

「実際にキャットドアを設置するなら、現場で玄関を改造するより、キャットドアを作った同じ扉を、蝶番《ちょうつがい》ごと交換するほうがスピーディーでしょうね。それでもセキュリティの回避は必要でしょうが、元警官の自宅にできる限り長居はしたくないはずですから」

うまい手だと思う一方で、それが可能なのであれば、寝込みは自分で襲えばいいのにと思う——いや、『いいのに』などとは思わない——でも、猫アレルギーで殺すことに、犯人が尋常でないこだわりを持っているのだとすれば。

実際、楽な死にかたであるはずがない。

意図を持った殺人なのだとすると、その意図は、殺意と言うより悪意かもしれない。

「殺意はなかったのではないか、という推測ですか？　隠館さん」

「あ……、いえ、そういう意味ではありませんでしたが……」

殺意をも凌駕《りょうが》する悪意、というレトリックのつもりだったけれど、改めてそう言われてみると、その線もありうるような気がしてきた。

むしろ現実的である。

未必の故意――プロバビリティの犯罪と、ミステリー的には言うが……、『殺すつもりはなかった』と、犯人は主張するのでは？

そもそも猫派の今日子さんが指摘した通り、成立するかどうかの怪しいトリックではある――最高にうまくいっても、寝ている間にくしゃみや鼻水が出る程度で、終わってしまう可能性が高い。

それでも犯人にとっては十分で、そんな被害者を想像するだけで満足だったのかもしれない――思いのほか重篤な症状が出てしまったのは、そして不審死に到ってしまったのは、むしろ計算外だったのかも。

まさか死ぬなんて思わなかった――と。

「だとすると、猫をしつける必要すらありませんね。快適そうなキャットドアを設置さえすれば、野良猫が勝手に忍び込んでくれるでしょうから」

忍び込んでくれるのか？　いや、プロバビリティの犯罪ならば、わずかにでもその確率があればそれでいい――他にも無数のアプローチをして、低確率を高確率へ、積み重ねていけば。

たとえば野良猫に餌付《えづ》けするなどして、周辺の猫の密度を上げるとか――この仮説を絵空事だと切り捨てられないのは、実際に今日子さんがキャットドアを前に、誘い込まれるように両手を突っ込んでいたりしたからだ。

猫に限らず、ああいう扉があれば、ぱかぱかしたくなるものなのかもしれない。

「もっとも、最近じゃあ野良猫も減りましたが。餌付けも多くの場合、マナー違反と見做されます」

「そうなんですか？」

きょとんとする今日子さん。

記憶が一日でリセットされる今日子さんにとっては、野良猫への餌《えさ》やりがマナー違反という『常識』は、目新しいもののようだ。

地域猫についてはご存知かな？

「地域猫？　野良猫とどう違うのです？」

「去勢・避妊手術を施されて、言うなら地域で飼われている猫でしょうか。猫耳の先をカットされて、そうとわかるようになっています」

「はあ――時代は進んでいるのですねえ」

猫派として、その動物愛護精神に感心しているのか、それとも人間の傲慢《ごうまん》を受け入れがたいと思っているのか、どちらとも言えないように、頷く今日子さん――名探偵に教えることがあるというのも新鮮だが、確かに僕も、確たる意見を持っているわけではない。

時代が進んでいるのは間違いないが。

それは止められないし、油断すると取り残されるのも本当だ。

いずれにせよ、この家を――この事件現場を訪ねるまでの道中において、野良猫も、地域猫も、目にすることはまったくなかった。つまりここは、ふいに猫が庭先に飛び込んでくるような町ではないはずだ――キャットドアを設置しただけで、殺人計画が成立するような町ではない。

「だからもしかすると、被害者は、キャットドア自体を知らなかったのかもしれませんね。玄関に勝手に、謎の小窓みたいなものが設置されていても、それが自分の命を脅かす仕掛けだとは思わなかったんじゃないでしょうか――猫に対して多少の造詣《ぞうけい》がなければ、キャットドアという発想自体、出てこないでしょう」

猫の外飼いの是非に関しては賛否あるとして――猫のためにわざわざ玄関を作るというのは、猫アレルギーである被害者にとって、奇想天外だったのでは？

だから見過ごしたという可能性は大いにあるかもしれない――価値観の断絶はどうしたって避けられない。シンプルに、被害者もまた、時代の流れに『取り残された』側だったとも考えられる。

「そうですね。定年退職された元警察官ということは、ご年齢的に、猫のごはんが、猫まんまだった世代かもしれません」

「今の価値観だと絶対駄目ですけどね」

タマネギやチョコレートを食べさせてはならないというのはもはや有名だが――まあ僕も、

ならばどういう食材なら食べさせていいのかに、詳しいわけではない。百合《ゆり》の花が禁忌だというのはどこかで聞いたことがあるが……、きっと猫にも個々に、アレルギーはあるだろうし。

「まあ、そういった知識がないということは、僕には猫をしつけることができないということでしょう。ご褒美《ほうび》のおやつになにをあげたらいいのか、皆目見当もつきませんし」

「要所要所でそういう発言を繰り返すから、疑いが深まるのではありませんか？」

手厳しい指摘だ。

その通りだが、一方で謙虚にしずしずと、疑われるのも無理もありませんみたいなことばかり言っていたら、有罪判決まったなしである――自己主張は必要だ。波風を立てたいわけではないけれど、風は吹かせねば。

殺された――とまだ決めつけられないが――元警察官との間にも、そんな攻防はあった。あのときは、（今日子さんを呼んで）、謎を解き明かし、真犯人を突き止めていただいて、それでてっきり大団円だと思ったものだけれど、時を隔《へだ》てて、まさかこんな形で尾を引いてくるとは……。

ほうき星か、僕は。

推理小説のような人生でも、推理小説のようにはいかない――正直に白状すれば、僕自身、日々の生活の中で……、次から次に積み重なる日々の冤罪の中で、忘れていたとは言わないまでも、思い出すことのなくなっていた事件だった。

その後、被害者の元警察官と、交流を持つということもなかったし……、果たしてどんなかただったのかも失礼ながら曖昧だ。写真を見せられても、すぐにはぴんと来なかった——そんな僕の態度を、聞き取りにきた警察官達は怪しんでいたようだけれど、そこで嘘もつけない。

冤罪中は自分のことで手一杯だったし——相手がどういう人かまで気が回らなかった。聞き取りに来た警察官達の口ぶりからして、若い世代に慕《した》われていたようだが……、まあ、どういうお人柄だったとしても、こんな殺されかたをしていいような人間などいまい。

猫を凶器に使ったなどというと、捉えかたによってはファンシーでファンタジーだけれど、しかし客観的に見れば、残虐な死刑に値するだろう——山羊《やぎ》を利用した処刑法というのは物の本で読んだことがあるが、人間に対して残虐なだけでなく、動物に対しても、虐待に値するように思われる。

人殺しの道具にされるなんて。

「動物虐待ですか——ふむ。確かにその通りです、隠館さん。そんなトリックが用いられたのだとすれば、犯人を弾劾《だんがい》せずにはいられませんね」

今日子さんは寝床から、むくりと起き上がった——それはそれで違う意味での猫アレルギーであるとでも言うべきか、猫が凶器だと聞いてから、いまいちモチベーションが上がらなかったようだけれど、どうやら己を鼓舞するとっかかりを見つけたらしい。

いや、だから、普通に依頼人の救済をモチベーションにしてほしいのだが――払うものは払っているわけだし。

やはり気まぐれで自由だという猫のイメージは、今日子さんに通じるところがあるのかもしれない――もっとも、今日子さんの場合は、猫に小判ということはないけれど。

4

そもそも猫アレルギーとは何なのか？

当事者ではない上に、猫を飼ってもいない僕には毛ほどしかない知識だったのでこれを機に調べてみると、アレルゲンは猫の皮脂腺《せん》や唾液《だえき》腺に含まれる物質らしい――そして猫は自分の舌で毛繕《けづくろ》いをする習性もあるので、結果として、そのアレルゲンは、全身の体毛に塗布されるわけだ。

猫に触れたり、近付いたりすれば、もちろんそのアレルゲンを摂取することになるし、抜け毛などによって、空気中にアレルゲンが広がることもある――近付かなくとも、猫がいた場所にいるだけで、免疫反応が出てしまうこともある。

免疫反応と言えば、アナフィラキシー・ショックなどもそれに該当するそうだが――実際問題として、家主の不審死は、猫アレルギーだけでなく、それによってなんらかの合併症が生じたのではないかと、素人考えをせずにはいられない。

年齢的には、免疫はむしろ弱まっているとも言えようが、しかし人間、どうしたって避けようもなく、人生経験を重ねれば重ねるほど、疾患は抱えることになる——花粉症も積み重ねだと言うし。

完全な健康体でいるというのは、奇跡みたいなことなのだろう——もし引き換えが冤罪体質なのだとしたら、代償が大き過ぎる気もするが。

さて。

一日で記憶がリセットされる忘却体質と引き換えに、名探偵としての代わりのきかない資質を獲得している今日子さんが、気を引き締め直したところからまずしたことと言えば、『猫探し』だった。

より正確に言うなら、『猫の痕跡探し』だが——事件発生当時、この家の中に猫がいたかどうかの物的証拠を探すために、それこそ猫のように、家中を這《は》い回《まわ》るのだった。

最速の探偵という看板から、安楽椅子探偵《あんらくいすたんてい》としてのイメージも強い今日子さんだが、『ペット探し』のような、通常の探偵業務みたいなことも、臆《おく》せずするようだ——むしろ最速を徹底するために、行動に出ることを臆さない。

まあ、ペット探し、とは違う。

猫トイレやフード皿がないから猫はいなかっただろうと、なんとなく僕は判断していたが、それはあくまで、猫を飼ってはいなかっただろうという基準での判断だった——今日子さんが今探しているのは、猫が『侵入』した形跡だ。

キャットドアから、不法侵入した形跡。

「どこかに隠れている猫ちゃんを見つけることができればベストなんですがね——物的証拠を通り越して、犯人の発見に近いですから」

犯猫《はんびょう》、でしょうか。

と言いながら、今日子さんはてきぱきと、押し入れを開けたり、衣装箪笥《だんす》を検分したり、ソファの下を覗き込んだり、ゴミ箱の中身を改めたり、本棚の裏側を見たりする——虫じゃないんだから、本棚の裏側にはいないだろうと思わなくはないけれど、これも猫素人の発言かもしれない。

猫の身体の柔らかさを軽んじていると、猫は一生見つけることができない——飼い猫でさえ、家の中で見失うことがあると聞く。さすがに冷蔵庫や洗濯機の中を探すのはやり過ぎだろうが、まあ、万が一ということもある——前足で扉を開ける猫、というのも、聞かなくはない。

「家の中のどこかに猫が隠れていたとして、その猫を発見することができたら事件解決ですか？」

「んー、その猫ちゃんが隠館さんになつかなければ、隠館さんが犯人でないことは証明できますかね？　つまり、隠館さんが猫ちゃんに引っかかれたり嚙みつかれたりしたら、冤罪を晴らせます」

なんでそんなことをされなければならないのだ——猫アレルギーでなくとも、引っかかれたり噛みつかれたりしたら痛い。だからと言って、いきなりなつかれるケースもないわけではなかろう——そもそも誰かに使役された猫だとするなら、元々人なつっこい性質の猫ということも考えられる。

そういう猫だっている——と言うより、そういう猫だからこそ、こういう事件の凶器に選定されたとも言えるだろう。

「人なつっこいからこそ、人殺しの道具に使われたのだとしたら、それも動物虐待ですね——にゃんにゃーん」

いきなり何かと思ったが、隠れているかもしれない猫に、猫なで声で呼びかけているらしい。廊下で四《よ》つん這《ば》いになって、猫の視点で猫を探す今日子さんに、そこまでされても出てこないということは、猫はやっぱり、この家の中にはいないのかもしれない。

失《う》せ物《もの》探しをどこでやめるかは、邪魔になってはいけないとろくに手伝うこともできなかった僕が決めることではないが。

「まあ、ご遺体を運び出したあとで、家の中は警察が一通り探しているでしょうしね」

「まだ正式に事件化されていないのでしょう？　だとすれば、二通りの捜索をおこなう意味はあるはずです」

確かに、何が何でも猫を見つけるという強い決意で捜索しようというような規模の捜査本部が組まれているのであれば、僕はとっくに逮捕されているだろう——僕がこうして、まだ自由の身でいられること自体、不審死がまだ、あくまでも『不審』の範疇《はんちゅう》を出ていないことを示している。

審議には入っていない。

ただし。

「ここまでにしましょう。猫はおろか、猫がいた痕跡もありませんでした——どこにも肉球の足跡はありません」

今日子さんはここで、捜索活動を切り上げた。

しかし肉球って……、そんなものを探していたのか？

漫画でよく見るし、実際、足跡（推理小説風に言うなら下足痕《げそこん》）が残っていれば、そんなわかりやすい展開もなかっただろうが……。

「理想的なことを言うなら、猫アレルギーのかたを連れてきて、この家の中で症状が出るかどうかを試させてもらえればわかりやすいのですがね」

「ものすごいことを考えますね」

非人道的な処刑に対して非人道的な捜査だと批判を受けそうだ。

猫へはともかく、人間への愛情が感じられない。

もっとも、何度も言う通り、猫アレルギーの症状も千差万別である——抱きしめるくらいに接触しなければ大丈夫という人もいれば、猫がいた家に入るだけで息苦しいという人もいるだろう。

いずれにせよ、僕には猫アレルギーの知人はいない——統計に基づけば、たぶん、知人の中にそうだという者はいるだろうが、把握していない。

今日子さんは言うに及ばずだろう。

「ええ。知っていても、忘れますからね。知人など」

元警察官の被害者のように。

あるいは僕のように。

「もしかすると、私自身が猫アレルギーなのに、それを忘れているだけということも考えられます」

「考えられますか？　そんなこと」

病は気からを鵜呑《うの》みにして、アレルギーは気の持ちよう、みたいな自己診断は絶対にしてはいけないが、ストレスが症状にもたらす影響や、プラシーボ効果もまったく無視できない事情もあるだろう。

アナフィラキシー・ショックなんかは、『一度蜂《はち》に刺されたことを、身体が覚えている』ということになるのだろうが——

「ちなみに、根本的な確認になりますが、被害者の家主さんには、自覚はあったんでしょうか？　ご自身が猫アレルギーだという——ほら、猫を飼いたい人や、猫が好きな人にとっては深刻な症状ですが、隠館さんがそうであるかもしれないように、気付かない人は、一生気付かなそうじゃないですか」

言われてみれば。

花粉症を発症したことに気付かずに居続けるのはなかなか難しいだろうが、猫アレルギーなら、ネコ科の生物に接することがなければ、そうと発覚することはないだろう。

それが果たしていいことなのかどうかはわからないが——案外僕も、自分では（冤罪体質と引き換えに）健康体であると信じていても、何らかの潜在的な病を抱えていないとも限らない。

緊急事態においてそれが発覚し、気付いたときにはもう手遅れとなっては悲劇である——一年に一度の健康診断が大切なわけだ。

「確かなことは言えませんけれど……、この場合、本人が知らずに犯人が知っているというケースが想定しにくいので、自覚はあったんじゃないでしょうか」

「なるほど。卓見です」

珍しく今日子さんが、僕の意見を評価した——喜ばしいが、名探偵の助手役としては、出過ぎた真似《まね》をしたかもしれない。あくまで、名探偵の補助に徹するため、踏み台となるような仮説しか言うべきではないのに。

「その場合、更に二通りの可能性が考えられますね。本人は知っていた、しかし、詳しく知っていたかどうかという二択です」

「詳しく知っていたかどうか？　知っていたなら、そりゃあ詳しく知っていたんじゃないですか？　でないと命にかかわる——とは言わないまでも、己の健康にかかわることなんですから」

「必ずしもそうとは限りません。風邪を引いても、病院に行きたがらないかたはいるでしょう？　どころか、熱すら測りたがらない人も」

いるか？　と思ったが、いるか。

病気という風にイメージすると、そんなはずがないと反射的に思ってしまったけれど、怪我をしたときとかに、全然平気、大丈夫と言い張ったという経験はある——なんなんだろう、あの自信は？

あるいは虚勢は。

根拠のない自信と言うより、根拠をもって診断を下されることを恐れたのだろうか？　目を逸らしたいと言うのか——ふたりにひとりが癌《がん》になると言うのに、その癌という病気について、詳しくは知らないし、調べようともしないのは、ふたりにひとりが癌になるから、とも言える。

知識は力ではあるが、同時に恐怖でもある。

目を逸らしたくなるほどの恐怖。

どれだけ春先にくしゃみをしようと、花粉症だと認めたがらない人もいる——岡目八目《おかめはちもく》みたいに言っているけれど、いつか僕もそうなるのかもしれない。

医者の不養生の患者版。

患者なのでただの不養生だが。

「つまり、被害者の家主は、猫アレルギーについて詳しく、きちんと傾向と対策に向きあっていたか、それとも完全に忌避して、機械的に猫を遠ざけていただけなのか——の二択ですね？」

「はい。猫アレルギーの原因が猫の生体物質に関する免疫反応だとか、猫アレルギーでなくとも、猫とキスをすると命にかかわるとか、そんな詳細を知らなくとも、猫を躱《かわ》し切ること自体は、難しくありませんからね——誰かがけしかけてこなければ」

猫とキスをすると命にかかわる？

それは僕も知らない知識だ——他人事《ひとごと》として考えるなら、是非ともこの二択は、前者であってほしいけれど、被害者の身になって考えるなら、後者になってしまったとしても、気持ちはわからなくはない。

普通、猫をけしかけられるとは思わないし、何かの機会で自分が猫アレルギーだと知ったなら、猫アレルギーという単語自体に拒否反応を示しかねない——目を逸らしたいどころか、考えたくもなくなることもあるだろう。

だとすると、どうなる?

「もしも猫アレルギーに詳しければ、キャットドアという概念も当然知っていて、そんなものが勝手に設置されていたら、即座に訝《いぶか》しむだけではなく、激しい危機感も抱くはず——ですよね。そうでなければ、玄関に穴が開けられているようなものなんですから、強く警戒はするにしても、そんな迂遠《うえん》な手段で危害を加えられようとしている、とまでは、とても思えないでしょうか」

悪戯《いたずら》か嫌がらせ——最大で空き巣とまでは考えられても、殺人計画の一環とまでは思いにくい。元警察官の自宅に仕掛けるには度を越して大胆な犯行と言わざるを得ないが、一方で被害者が元警察官だからこそ、このくらいで古巣の仲間を煩《わずら》わすまでもないと考えることは想定できる。

誰かに(元職場に)相談し、それがキャットドアだと知れば、その危うさを理解し、すぐさま封鎖の措置を取っただろうが——いや、でも、常識的に考えたら、正体不明であろうと玄関に穴が開けられていたら、ガムテープで塞《ふさ》ぐくらいのことはするかな?

それもまたある種の正常性バイアスで、こんなのは大したことじゃない、対策を打つほどのことではないと思いたいからこそ、あえて封鎖せずに放置したというのはあるかもしれないが——

「そうですね。若い女性だったら、その日は自宅を離れて、実家や友人宅に泊まるかもしれません」

若い女性はそうだろうし、屈強な男性でも、人によってはそうだろう――引退した元警察官ならどうだ？

世の中には玄関に鍵をかける習慣のないお宅もあるので、やはり一概には言えないが……、『寝ている間に小人さんが猫ちゃんのために作ったのかな？』でスルーすることは、僕にはできそうもない。

新たな冤罪の伏線かと思うだろう。

ただまあ、今回のケースでは、実際にキャットドアは設置され、実際に家主は猫アレルギーで亡くなっているわけだから、そこを否定したり、怪訝に思ったりしても意味はないのかもしれない――違和感を持ったはずだ、キャットドアが設置されていたら、不審に思ったはずだ、不審死は避けられたはずだと、現実の揚げ足を取っても意味はなかろう。

「意味はない、ですか――ふうむ。意味のないことなど、この世にありませんがね」

今日子さんが、深いんだか、それっぽいだけのことを言ってはぐらかしたんだか、どちらとも取れる台詞を言った――四つん這いの姿勢で、階段を上りながら。そんな姿勢で言われると、本気で言っていたのだとしても、今ひとつ刺さらないな――ともあれ、家中の探索を終えて、事件現場の本丸である寝室へと戻るおつもりらしい。

そうしていると、己のテリトリーを探索する猫の生態そのものだが——四つん這いはもうやめてもいいんじゃないのか?

まあ、シャーロック・ホームズも、虫眼鏡を片手に現場の床を這い回っていたと言うし(よく聞く話なのだが、僕はそのシーン自体は未読だ。読んだのに忘れているだけかもしれないが——忘却読者)、猫仕草であると同時に、探偵仕草でもあるのかもしれない。

「と、言いますと?」

僕はその後ろ姿に質問する。

「キャットドアをおかしいと思いながら、被害者は犯人の思う壺《つぼ》に嵌《は》まったということですか? さながら——用意されたキャットドアに、導かれる猫のように」

キャットドアと言うより、空の段ボール箱に導かれる猫のように、と言うべきだろうか——あえて怪しいものを設置することで、元警察官の本能を刺激した、というのはありそうだ。

「いえ、キャットドア自体がミスリードかもしれないというニュアンスで言いました。そもそも被害者が帰宅したときには、キャットドアは存在しなかったのではないか? という意味で」

「え?」

「もっと言えば、犯人は被害者が亡くなったあとでキャットドアを設置したのではないか、と——それなら不審に思われるリスク自体がなくなりますからね」

そりゃあなくなるが——設置している最中に、家主が帰宅してくるなんてあわやの『事故』もなくなるが——、けれど、事件後に設置するんじゃあ、タイムパラドックスが生じてしまう。玄関ならぬ『夏への扉』以降、もしくは『ドラえもん』以降、猫とタイムマシンは相性がいいと言うけれど……、入り口がなければ、猫が家の中に入れない。

「キャットドアがあったとしても、猫ちゃんが導かれてくれるとは限らないのも事実でしょう。キャットタワーを設置したからと言って、猫ちゃんがそれで遊んでくれるとは限らないように」

それもよく聞く話だ。

猫のためを思って遊び道具やら小屋やらを用意しても、気に入ってくれるかどうかは、果たして猫の気分次第という——犯人がしたり顔でキャットドアを設置し、操り系ミステリーの仕掛け人ぶったところで、猫は平然とそれを無視しかねない。

その確率をクリアしたから、事件がこうして起こっているのだというのがプロバビリティの犯罪の考えかたではあるものの——

「キャットドアを通らずとも、どこかに猫の侵入ルートがあったと考えることは可能です。むしろ自然です。大自然です。その侵入ルートを隠すために、あとからキャットドアを設置したのかも」

破壊工作ではなく隠蔽工作だった？

後付けのキャットドア——猫が役目を果たしたのちに設置された出入口というのは、なんだか泥縄式のようだが、けれど今の今までそんな発想もなく、猫がそこから侵入（そして退出）したものだと僕は決めつけていたのだから、まんざら横紙破りでもない。

発想の転換だ。

「ですから猫の痕跡を探すかたわら、別ルートがないものかどうか、探索していたのですが——思わしくありませんでしたね」

と、今日子さん。

目ざといと言うか、マルチタスクと言うか——捜査本部が立ち上げられるほどではないと言っても、警察が一通り浚《さら》った現場検証を（四つん這いになって）綿密に続けていたのは、別の目的もあったわけだ。

肉球の足跡だけを探していたのではなかった。

残念ながらそちらの探査も、成果は上がらなかったようだが——猫用の勝手口は発見できず、か。

「どこに隠れているのかわからないように、どこから入ってくるのかわからないのも猫ちゃんですがね。排水口や通風口からでも」

それはどちらかと言えばネズミとか昆虫とかの侵入経路という気もするが——少なくとも壁がひび割れていたり、地下道があったりは、なかったということらしい。

「シンプルに、事件当時、窓の鍵が開いていたみたいなことは考えられないですか？　現場検証のあと、防犯のために閉められただけで」

それも、泥縄式になるが——まあ、一応は密室殺人事件という触れ込みなのだから、そんな手落ちはなかろうが。

「シュレディンガーの猫的には、家の中に猫がいるのかどうかは、常に不定ですがね」

ふむ。

だがこの事件は、ＳＦではなくミステリーだ。

タイムパラドックスもシュレディンガーの猫も、採用されるべき理論ではない——あくまでも推理小説的な論理的解決を求めねばならない。

量子力学に基づいて冤罪を晴らしてもらっても、やはり釈然としないのだ。

前回、この家の家主に冤罪をかけられたときに今日子さんからそうしてもらったように救われたい——と言うと、なんだか堂々巡りと言うか、ただただ同じことを繰り返し続けている徒労感もある。

風が吹けば桶屋が儲かるどころか、風が吹けば風が吹くと言っているようなものだ。

「せめて桶屋に儲かってもらわないと——」

「今なんと仰いました？」

と。

他愛もない僕の独り言に、足を止めて今日子さんが振り返った――足と言うのはこの場合、階段を這うようにしていた手足ということになるが。

そうやっていきなり振り向かれると本当に猫みたいな仕草だ――他愛もない独り言に反応されるのも。

「ああいえ、ただのことわざです。事件とはまったく無関係な、えっと――風が吹けば桶屋が儲かるって――」

説明が難しい。

儲かるという言葉に反応されたのか？

確かに『名探偵が儲かる』の暗喩《あんゆ》として呟《つぶや》いたのだが、だとしても守秘義務絶対厳守の今日子さんには前回の事件のことは禁句なので、何からそのことわざを連想したのかを説明しづらい。

不審死に比べて、このあまりにもささやかなピンチを、果たしてどう乗り切ったものかと僕は頭を悩ましたが、しかし――今日子さんがここで振り向いたのは、そういう理由ではなかった。

「風が吹けば桶屋が儲かる――隠館さんがそれを最初に言ってくれていれば、私も猫の鳴き真似をせずに済んだんですがねえ」

「え？」

夜の猫のように、細めた目を光らせてそう言われても——実は冒頭から言っていたが。そして猫の鳴き真似は、ノリノリでやっているように見えたが。

5

風が吹けば桶屋が儲かる。

非常に使用頻度の高いことわざなので当たり前みたいに使っていたけれど、思えば今となっては、あまり現代的ではないクリシェである——ことわざが古風なことこそ当たり前だが、このことわざには倫理的な問題が含まれかねない。

なぜなら端的に、あるいは短的に間を略しているけれど、正式にはこのことわざはこうだ——風が吹けば↓砂埃《すなぼこり》が舞って↓砂埃が目に入り↓目が見えなくなって↓三味線を弾《ひ》くようになり↓三味線作りのために猫が狩られ↓その分鼠《ねずみ》が増え↓桶がかじられるようになり↓桶屋が儲かる。

そもそも強引な論理展開を戯画風に示すのが主眼のことわざではあるのだけれど、それを踏まえた上でも、目が見えなくなれば三味線を弾くようになるという職業選択に関する部分にある問題には、誰でも気が付くだろう——そしてもう一点。

三味線を作るために猫を狩る？

一瞬、意味を捉えかねるはずだ——事実、今はもうそんな風に三味線を作っていない、と思う。かつて本当にそうだったのかどうかも、僕には確かなことは言えないけれど（都市伝説じゃないのか？　と思いたい——これも正常性バイアスか）、まあ、猫の皮を、三味線作りに利用していた時代があったのだ。

鯨《くじら》のひげをバイオリンの弓に使ったり、象の牙を判子に使ったりするような感覚だったのか、それとももっと日常的なことだったのか——今ではおよそ考えられない。そんな詳細を知ると、『猫に小判』とか『犬も歩けば棒に当たる』とかみたいには使いにくいことわざである——『犬も歩けば棒に当たる』も、響きは動物虐待か？

郷《ごう》に入っては郷に従えということわざに対しても、『へー、命令してくる感じなんだ』というリアクションが想定される、伝統にとっては難しい世の中である——が、それは長い時間をかけて継続的に、あるいは伝統的に考えることとして。

今、最速で解決すべき、喫緊《きっきん》の殺人事件の真相は——猫の、皮だった。

三味線が作れるなら服だって作れるだろう。

というのが探偵のファッションリーダー、かつ思索的猫アレルギー、掟上今日子の到達した推理だった——猫を手懐《てなず》けて使役したり、野良猫が偶然キャットドアを使用するなんて、低確率の偶然に頼る必要はない。

操り系の犯人でも、プロバビリティの犯罪でもない——たとえるなら『手編みのセーター』を、衣装箪笥にこっそり仕込んでおけばいいだけだ。それなら密閉状態も保《たも》たれて、一石二鳥でもある。

専門的な縫製技術が不可欠になるが、その仕込み自体は、キャットドアの設置に比べれば、そちらは楽なくらいだろう——冷蔵庫の中の食材に、さりげなく毒を仕込んでおくようなものである。

現場付近に野良猫を見かけなかったという情報も、こうなると意味合いが変わってくるかもしれない。

作ったのか。三味線を。

あるいは——寝込みを襲うための寝巻きを。

「寝巻きならぬ、猫を巻いて寝たようなものなのであれば、相応に酷い症状が出たことでしょう——ただ、目の前に猫がいるならそれを忌避することはできるでしょうが、自分の着ている服の素材がそうであるとは、猫アレルギーの場合は、なかなか想定外です。本人にとっても、およそわけのわからない原因不明の症状だったでしょう——どれだけ咳《せ》き込《こ》んでも、単なる体調不良だと判断したかも。服を脱げば、それだけで助かった可能性があるとは思いもせずに——もっとも、それで命まで奪うつもりだったかどうかは、定かではありませんが」

事故。

あるいは未必の故意の線は残るわけだ——三味線ならぬ。

「キャットドアが後付けの隠蔽工作なんだとしたら、確かに思わぬ事態に対する加害者側の混乱が感じられます。そうなると犯人は、被害者が猫アレルギーだと知った上で、自宅に自由に出入りできる、専門的な縫製技術を持った人物に絞られる——という結論になるのでしょうか？」

「まあ、そんなオーダーメイドの寝巻きは、外注はできないでしょうからね——捜査本部が立てられたなら、まず死亡時に着用していたパジャマの検証をお勧めします。個人的には、長毛種の抜け毛で作ったファー素材とかであってほしいですがね」

不審死が殺人事件であることが確定してしまうことは遺憾ではあるし、被害者のみならず、大量の猫が犠牲になったかもしれないという真相もまた遺憾でさえあるが、そのプロファイリングは、僕という人物像からは大きく外れる——猫派の探偵にとっては、知的好奇心のくすぐられることのない、むしろ好奇心が猫を殺したような事件だったこともまた心苦しいが、どうやら、またしても今日子さんに、濡れ衣を晴らしてもらえたようだ。

濡れ衣。

僕にとっては寝巻きどころか普段着みたいなものだけれど——着たきり雀《すずめ》の舞台衣装がいったいどういった素材でできているのか、そう言えば、自分のことなのに、考えたこともなかった。

『掟上今日子の猫アレルギー』——忘却

2020年4月2日、僕（隠館厄介）は、忘却探偵・掟上今日子と共に、ある殺人現場にいた。無論、冤罪王——もとい、冤罪体質であるこの僕にかけられたあらぬ容疑を、今日子さんに晴らしてもらうためだ。さすがは『どんな事件も一日で解決する』最速の名探偵、既に意外や意外の真犯人は特定されたのだが、しかしながら、まだ謎は残されていた。

「今日子さん。犯人はなぜ現場の扉を、無作法にも開けっぱなしにしたんでしょう？　オートロックですし、それだけで簡単に、密室殺人事件にできたのに……」

「密室だからこそ、ですよ」

今日子さんはさらりと答えた。そして左手でカーディガンの長袖をまくり上げる——その右腕には太いマーカーで、次のように書かれていた。

『×密閉』。

「嫌ったのでしょう。密閉状態を」

「……では、凶器に槍を使用した理由は？　しかも長さ二メートルにもわたる、まさかの長槍を」

「ソーシャル・ディスタンス」

言って今日子さんは、タイトなロングスカートを上品につまみ上げる——すると、左脚のむこうずねにこう。

『×密接』。

「な、なら、そんな慣れない凶器で、単身犯行に及んだ理由は？　あの犯人の人望なら、いくらでも共犯者を募れたはずなのに――」

名探偵は最早語らず、黙ってブラウスの裾をからげる。くびれた胴体に書かれていた文字は、確かに言うまでもないそれだった。

『×密集』。

「一同を一堂に集めた解決編を自粛することは、探偵としてやや切なくはありますが――殺人犯でも避ける3密を、我々が忘れるわけにはいきませんからねえ」

眼鏡の奥でウインクし、今日子さんは軽快に踵を返して、殺人現場を後にする――慌ててその背を追いそうになって、僕は辛うじてソーシャル・ディスタンスを保ち、そして「あの……、今日子さんは、これからどうなさるんです？」と尋ねた。謎解きが名残惜しく、反射的に訊いてしまっただけだが、実際、気にせずにはいられなかった。

今日子さんには、今日しかない。

だとすれば変わりゆく２０２０年の、明日からの月日を、いったい彼女はどのように生きていくのだろうか。

「決まっているでしょう」

去りゆく足を止めることなく、ただ少しだけ振り向いて、白髪の名探偵は飄々と答える――最後に左袖を、大胆にまくり上げながら。

「STAY HOLMES。おうちで推理小説を読みます」

あとがき

人間五十年と言われていた時代から比べれば人生百年時代というのは、人生を二回生きるようなものなので、命がふたつあるも同様なのかもしれません。権力者が不老不死を追い求めた歴史があると言いつつ、不老不死とは言わないまでも、誰だって長生きはしたいわけで――ただ、あくまでもこれは平均値の話であって、人間の寿命が延びたという話と、自分が長生きできるかどうか、それも健康的に長生きできるかどうかという話は、まったく別の話でもあるでしょう。もしも自分の寿命があらかじめわかっていたら、人生の予定やスケジュールも立てやすくなるような気もします。インフォームドコンセントではありませんが、『あと何十年（百年？）の命』という告知を、生まれたときからされていたなら、人類はもっと合理的に生きられるのではないでしょうか――と提議してみたものの、たぶんそうはならないだろうという確信も強くあります。『合理的に生きる』というのがよくわからない感もありますし、それはたぶん、『健康的に生きる』の類義語なのでしょうが、限りある命であるから以上に、いつぽっくりいくかわからないからこそ、クオリティ・オブ・ライフとは無縁の非合理な進化を人類は遂げてきて、その結果の人生百年時代とも言えるのでしょう。心身の健康が大切なのは前提の上でですが、健康を強要されることで、失うものもそれなりにありそうです。絶対的健康と相対的健康の違いが、人間五十年と人生百年の違いだったら……、五十歩百歩ならぬ、五十年百年ですね。

そんな感じで忘却探偵シリーズです。シリーズ何冊目かは不覚にももう忘れてしまいましたが、こうして新刊をお届けできることが嬉しいです。今日子さんは毎日のように生まれ変わっているようなものなので、複数の（無数の）人生を繰り返しているとも言え、そういう観点では非常に刹那《せつな》的なのですが。超人的なイメージのある名探偵の、ある意味ではもっとも人間的な側面というのは、意外とまだ手をつけてなかったチャレンジでした。長生きはするものだとも、長生きしてもやりきれないとも言え——そんな感じで隠館厄介の冤罪集、『掟上今日子の保険証』でした。

本作の表紙には、待合室で時間を過ごすアンニュイな今日子さんを描いていただきました。VOFANさん、ありがとうございました。巻末収録の『掟上今日子のSTAY HOLMES』は、二〇二〇年、『Day to Day』に書かせてもらった掌編です。あれから五年の時が経った今、ここに改めて備忘録として。

西尾維新

初出――――『掟上今日子の不眠症』
『掟上今日子の親知らず』
『掟上今日子の船酔い』
『掟上今日子の猫アレルギー』　書き下ろし
『掟上今日子のSTAY HOLMES』　ＷＥＢサイト「tree」連載企画〈Day to Day〉掲載

西尾維新

1981年生まれ。第23回メフィスト賞受賞作『クビキリサイクル』（講談社ノベルス）で2002年デビュー。同作に始まる「戯言シリーズ」、初のアニメ化作品となった『化物語』（講談社ＢＯＸ）に始まる〈物語〉シリーズなど、著作多数。

装画
VOFAN

1980年生まれ。台湾在住。代表作に詩画集『Colorful Dreams』シリーズ（台湾・全力出版）がある。2006年より〈物語〉シリーズの装画、キャラクターデザインを担当。

協力／©AMANN CO., LTD.・全力出版

掟《おきて》上《がみ》今日《きょう》子《こ》の保《ほ》険《けん》証《しょう》

2025年4月14日　第1刷発行

著　者——西《にし》尾《お》維《い》新《しん》

発行者——篠木和久

発行所——株式会社講談社

東京都文京区音羽2-12-21　郵便番号112-8001

編集03-5395-3506　販売03-5395-5817

業務03-5395-3615

印刷所——TOPPANクロレ株式会社

製本所——株式会社若林製本工場

KODANSHA

ISBN978-4-06-539105-1　N.D.C.913　198p　19cm

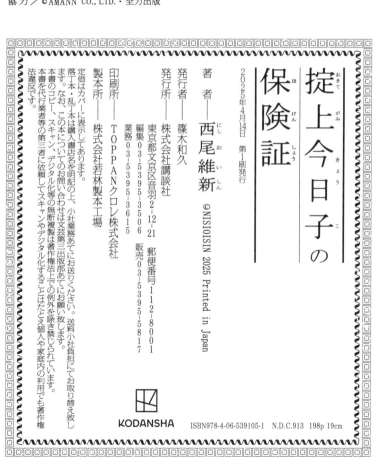